e r o m a n g a   s e n s e i

門的
派對

情色漫畫老師

11

伏見つかさ

插畫・かんざきひろ

Kadokawa Fantastic Novel

情 ero manga sensei 色漫畫老師
第一章

第一章

我是和泉正宗，十六歲的高中二年級生。
是名邊上學邊撰寫輕小說的兼職作家。
筆名是和泉征宗。
由於各種緣故，從之前開始我就跟家裡蹲的妹妹一起生活。
最近家族也增加……加上姑姑後，我們開始了真正的三人同居生活。
妹妹的家裡蹲症狀也逐漸開始好轉。
故事的起始，就從我知道妹妹的祕密開始。
為和泉征宗的小說繪製插畫的插畫家「情色漫畫老師」。
那個人，就是我的妹妹和泉紗霧。

在那之後經過了一年以上的時間……

現在是十月。我們的作品《世界上最可愛的妹妹》的映像化企畫進行得很順利。
「兩人一起來到房間外頭——並肩坐在客廳，觀賞他們共同創作的作品」。
兄妹的夢想，又往前邁進一步。

在這種秋天的假日裡——

事件就此發生。

這一天，我身處於比平常更深沉的睡眠之中。

由於前一天太過埋首於工作，結果就害自己熬夜。

由於最近不想讓家人擔心都有好好注意，卻還是不小心粗心大意。

這實在是個很困難的問題。

不管是聽前輩們的體驗，或者是我自己的經驗——動畫化前的輕小說作家不管提前完成多少工作，都不會算是工作過頭。

動畫劇本、分鏡然後再加上漫畫化與遊戲化這些諸多監修工作，又有採訪、宣傳報導的檢查跟外傳作品企畫，接著還有其他各式各樣的——

必須完成的工作，會無限地湧現出來。

正因為這樣，才讓累壞的我沉沉入睡。

即使接近平常起床時間的早上五點鐘，我的意識依舊難以清醒過來，大半還是處於睡眠狀態之中。

即使如此……

總覺得自己還是有聽見房門被開啟的嘎吱聲響。

「唔……嗯。」

平常的話，光是這樣的小狀況就會讓我醒來吧。

可是這一天我並沒有醒過來。依舊還是睡昏頭，甚至連眼睛都沒有睜開。

不久後，就有腳步聲響起。那是偷偷摸摸又想要輕聲慢步的細微聲音。

人類的氣息逐漸靠近我在睡覺的床鋪。

即使如此我還是繼續熟睡，發出平穩的呼吸聲後再次墜入沉眠的世界裡。

「…………………」

突然間，後頸感受到一股冷風。

之後想想，這應該是被人掀開棉被的關係吧。

……好冷。我這麼覺得。

我顫抖了一下。即使睡昏頭，還是把手往前伸出想將棉被拉過來。

結果——

突然傳來一股柔軟的觸感。

接著是會讓腦袋麻痺的甜美香氣。

「…………？」

看來……就是那麼一回事吧。

開始交往之後，紗霧就會像很黏人的貓咪一樣鑽進我的被窩裡。

真是令人傷腦筋的傢伙——呵呵，真是可愛——

我實在太睏，於是也沒有產生色色的情緒。只湧現出憐愛的心情。

於是我緊抱住她。

「呀啊！」

總覺得好像聽見很不像紗霧的聲音。

睡昏頭的我，接著把手伸進以為是紗霧的同床者頭髮裡，不斷地撫摸。

「呼、呼哇……征、征宗……」

這個紗霧怎麼發出聽起來像是妖精的聲音啊。

再說，這抱起來的觸感感覺很奇怪耶？

再加上如果是平常的睡衣——這肌膚的面積會不會太多？

不，不對。說起來這個——

——根本是全裸吧！

「等、等一下！紗霧！」

再怎麼說這都讓我躍起，一口氣清醒來。

難道說，紗霧她竟然全裸鑽進我的被窩裡——！

唰！當我把棉被掀開時。

「哎、哎喲……征宗你真是的，實在很色耶……」

全裸的妖精正被我抱在懷裡。

「————咿。」

沒有發出慘叫真是奇蹟。

我都想要稱讚自己了。

如果這時候放聲大喊，所有家人就會立刻集合到這個「現場」來吧。

金髮碧眼又裸露出美麗雪白肌膚的這個美少女，叫做山田妖精。

是住在我家隔壁的暢銷輕小說作家大師。

「妳……妳……妳……」

我的嘴巴，像是被打上岸的魚一樣不斷張合。

現在應該是瞪大雙眼，有如凸眼金魚般的表情吧。

咦？這是怎樣？什麼狀況？

昨晚，我睡覺前——應該是自己一個人吧？身為有女朋友的男人，應該沒有做出什麼絕對不被允許的行為吧？我可以相信自己吧！

我拚命讓腦漿進行運作……

「妖精妳……什麼時候進來這裡的？」

才勉強擠出這個適當的問題。

結果妖精的臉頰上泛起紅暈，露出現在對我而言最為恐懼的表情。

「就是剛才喔♡」

「果然沒錯！妳竟然擅自就偷跑進來！」

我壓抑音量並發出怒火，同時也安心地鬆了口氣。

太好了……我沒有犯下滔天大錯——

——不對啦！

要放心還太早！

畢竟現在的我，可是處於跟裸體的女孩子睡在同一張棉被裡的狀況之中！

就算不用冷靜思考，這也是糟糕到不行啊！

「喂、喂喂……快從我的棉被裡滾出去！」

「呵呵，居然想把美少女直接全裸地趕出家裡……這想法很變態耶。」

「那是妳吧！我會轉身背對，快點把掉在那邊的衣服穿起來！然後請靜悄悄地偷偷出去，不要被紗霧發現，真的拜託妳了！」

「這指示還真具體！」

「我就是如此走投無路啊！」

我雖然傾全力拒絕妖精，但是除了像這樣拜託以外，也沒辦法使出其他任何有效的手段。畢竟這不但是「無法直視」還又「不能碰觸」，根本就無計可施。

全裸是最強的。

妖精自己也很清楚這一點吧——她笑嘻嘻地露出讓人感到很火大的笑容。

「比起那個，征宗啊～你的反應會不會太薄弱了？這可是全裸的超級美少女跟你躺進同一條棉被喔，而且還用手接觸到本小姐這神聖的肌膚耶！應該再多來些感動或是產生動搖，不然就是打算襲擊本小姐的反應才對吧！」

「妳安靜點……！」

會被紗霧聽見啦！

我用單手摀住妖精的嘴巴，但被她抵抗而無法順利成功。

「我現在就無比動搖了啦！」

「才沒有！看起來就不像！跟女主角同床的場景，不就是輕小說裡約定成俗的激萌場景嗎！你一定超開心的吧！」

「妳白痴喔！」

這傢伙在講什麼啊。

我可是大清早就受到強烈的誘惑，使得精神不斷遭受削減耶！每次都這樣，這傢伙的登場實在太危險！

她知道我現在為了掩飾成自己很冷靜要有多麼努力嗎……！

不過，如果被妖精察覺這點那也很不妙就是。

「不過該怎麼說……妳這種……古怪的行為？應該是按照戀愛喜劇輕小說的內容來做的

吧……但老實說，我並不覺得這招會有什麼效果喔。」

「什麼！」

妖精愕然地瞪大眼睛。

「咕唔唔……本、本小姐可沒想過在這種情況下會被人否定這個情境…………姑且問一下，到底是哪邊不好？」

在這異常的狀況之中，我開始表達自己的主張。

「首先啊，『早上一醒來就有美少女睡在身旁』的情境。這我也有寫過，讀者們的反應也很良好……可是如果實際發生在現實裡那只會嚇死人，根本無法演出戀愛喜劇的發展。」

沒錯……畢竟即使對象是全宇宙最有魅力的美少女紗霧，比起臉紅心跳還是會先讓人陷入混亂。

我無論如何都想把自己的意見傳達給世界上的女孩們知道——

這種約定成俗的情節，絕對不能在現實中實行。

如果不是互相有一定好感的男性，那只會給對方帶來恐怖與混亂而已。

「唔唔……有道理。」

妖精這麼說著，並用單手摸著額頭。

由於窺見她那雪白的胸口，讓我慌忙移開視線。

……不過。

第一章

妖精就是這樣，可以讓我特別感到臉紅心跳。

這應該是非常少數的例外吧。

即使如此，用其他方式的效果應該會更高才對。

「還有一點。妖精妳跟自己的作品一樣，太常馬上把衣服脫光了。我之前也說過吧——全裸是世界上最萌不起來的服裝。」

「你那個意見，應該已經被本小姐的著作大受好評這個事實給否定了吧！」

「妳的戀愛喜劇會受到好評，是因為山田妖精老師筆下的女主角都很有魅力，而且文章也有把這些魅力傳達出來的關係。但是講到全裸場景本身，我認為並沒有讓女主角增加任何賣萌能力。如果要講得更直接點，**就是如果改寫成半脫的話評價應該會變得更好**。」

「才、才不是那樣子～～！正因為是全裸才能描寫成像那樣充滿破壞力的戀愛喜劇情節～！現在也絕對是藉由本小姐的全裸來散發出神聖超萌波動，使得征宗被萌到暈頭轉向才對～～！」

這傢伙竟然用如此讓人火大的語氣講這些。

雖然實際上是被萌得暈頭轉向沒錯，但我絕對不會說出口。

「再說妖精的全裸，我也已經看膩啦。」

「你說看膩了！你現在是說本小姐山田妖精的全裸已經看膩了是嗎！本小姐是從什麼時候開始變成你的砲友啊！」

「不要用那麼低俗的詞語！這意思是妳都在我面前脫光那麼多次，當然會稍微習慣並產生一些抗性嘛！」

「本小姐才沒有像你講的脫光那麼多次！最早的時候只是你跑來偷窺，玩扭扭樂的時候也只是被情色漫畫老師強迫！集訓的時候也只展現到比基尼的模樣給你看而已吧！你也太常用『全裸角色』的形象來形容本小姐了！」

這些話給一個剛剛才全裸跑來睡覺的女生講，未免也太沒有說服力。

不過，發言本身倒是正確無誤。

「唔、唔嗯……這麼說起來……的確沒錯。」

仔細想一想，妖精脫光到全裸的次數，實際上說不定真的沒有那麼多次。

最後一次脫成全裸，是妖精跟村征學姊來幫忙擔任我的助手的時候…………動畫版的版權插畫上頭，也是村征學姊比較常被當成負責賣肉的角色。不知為什麼，還會跑到我家來洗澡。A-1 Pictures啊，那到底是什麼神祕的設定？

「唔……是我搞錯了。我承認吧，妳雖然嘴巴上老是喊著全裸全裸，可是並沒有那麼常脫光。」

「你知道就好啦——不對，為什麼會變成這種毫無任何賣萌要素的交談內容！明明不應該會是這種情況呀！都像這樣如此拚命了卻還沒有任何效果……本小姐真的會想要哭出來耶！」

「這種狀況下擺出淚眼汪汪的樣子是犯規的吧！唔～～～知道了啦！這點我也承認！我只是拚命故作冷靜而已，其實已經被妳誘惑得暈頭轉向！而且還臉紅心跳！差一點忍不住要襲擊妳了

啦！」

「咦……？」

原本不甘心到咬著嘴唇的妖精突然抬起頭來，臉頰泛紅地看著我。

「真的嗎？」

「啊、嗯……那個，所以說……絕對不是妳沒有魅力。」

「哼、哼～是這樣啊……」

於是妖精在棉被裡轉動身體，往我這邊靠過來。

沒辦法逃跑。

如果是女性看到這種狀況，說不定會覺得很不可思議。

可是，男性的話應該能體會。這是極度難以抵抗的場面。

「——」

我讓意志的力量總動員起來，試著移動無法使力的四肢。

可是妖精彷彿更不打算讓我逃跑，將她的肌膚往我逼近——

「你們在幹嘛？」

一道冰冷的聲音傳下來。

「～～～～～～～～～～～～～～～～～～～～～～～～～～」

感覺像是被人拿冰塊抵住後頸。

「…………………………………………」

「……………………………………………」

我跟妖精四目相交地陷入沉默，經過了好幾秒才轉頭看向聲音的來源。站在那邊的是……

「哥哥、小妖精。」

身穿睡衣的銀髮美少女。

她輕輕抱著枕頭，面無表情地從房間的入口看著我們。

看來我的精神被妖精削弱過頭，而沒有注意到房門被打開的聲音。

她是我的妹妹，是我的戀人，也是我的未婚妻——

「你們在幹嘛？」

她是和泉紗霧。

這真是最糟糕的場面。

「喔、喔喔喔……喔喔……紗霧……早安啊。」

「妳、妳是什麼時候……開始站在那邊？」

妖精講出像是我剛才講過的話來，紗霧則這麼回答：

「從『已經被妳誘惑得暈頭轉向』這邊開始。」

第一章

「那是誤會！這是……那個……」

「是外遇現場喔！」

「妳真的給我閉嘴好嗎！」

這可不是開玩笑的！

「哼嗯——」

紗霧釋放出有如閻羅王般的壓迫感如此低喃。接下來她慢慢把妖精脫下來丟在床邊的衣服撿起來，暫時走到房間外頭。

雖然我們只能呆然看著她出去……

「咦？難道說這代表本小姐的衣服都被奪走，已經無法逃跑了嗎？」

別講那麼可怕的話啦。

不久之後，紗霧兩手空空地回來。

「小妖精，總之我要先偵訊一下。到我房間來。」

「衣服呢？」

「啊？妳最喜歡這種打扮了吧？那——不用穿也無所謂吧？沒穿內褲也沒關係對吧？」

從紗霧身上可以窺探到「絕對不把妖精的衣服還給她」和「要讓她在沒穿內褲的情況下接受審問」的堅定意志。

「…………」

連妖精都變得臉色蒼白，而我也是胃部疼痛到好像快死掉一樣。

化身為審判者的紗霧，接著往我看一眼。

「我暫時不想看到哥哥的臉，從這個家裡滾出去。」

「中、中午的時候就可以回來對吧！」

「啥？——別講那麼多啦，快給我出去！笨蛋！劈腿男！」

明明完全只是個誤會——

我就跟真正的劈腿男一樣，哭著跑出家門。

為了慎重起見還是補充一下。即使女朋友大人正在生氣，我和泉正宗如果不把早晨該做的事情處理完，甚至連想被趕出去都沒辦法。

我目送妖精被帶走以後就急忙準備好早餐，然後揹著工作的道具跑出家裡。

要前往的地點是荒川河堤。這種連咖啡廳都還沒開的早晨，我在河堤邊坐下並打開筆電，開始處理早上的工作。

「嗚嗚……難得學校放假的說……」

「跟女朋友在家裡邊打情罵俏邊工作」這種崇高的計畫，看來就這樣虛無縹緲地崩潰。

幸好天氣很不錯，以作業環境而言很清爽。

周圍有些像是要來做體操或是慢跑的人們。

「好，這樣的話……應該比想像中還要能集中精神。」

我立刻專心於工作上頭……

幾個小時後。

回過神來，筆記型電腦的電力已經減少許多。

看一下時鐘，已經快十點。

「紗霧她……還在生氣嗎……？」

到了中午的話，紗霧說不定也肚子餓了。

就算還沒有原諒我，我想還是得幫她準備好午餐才行。

——到十二點的時候，就買個紗霧喜歡的美味甜點先回去一趟看看吧。

「好啦。」

我中斷作業，揹著工作用具離開河堤。

要前往的地方是高砂書店。

順便當作轉換心情，來去書店看看新刊吧。如果看到什麼出色的作品，就買回家好了。

順便去跟智惠發些牢騷來發洩一下。

我是有這樣的想法。

「——所以啦，我才會在開店後就跑過來。」

「哎喲，最好是只講『所以啦』。你好好說明一下，我會仔細聽的。」

地點改變，來到高砂書店裡頭。面對我這個今天第一位來到的客人，這位露出傻眼笑容的就是高砂智惠。

智惠是我的同班同學，很適合穿上圍裙跟球鞋。雖然最近她很常那麼主張，但這裡容我重新否定一下——我們並不是青梅竹馬的關係。

我們開始成為朋友，大概是我剛出道後不久的時候。

即使如此……跟普通的青梅竹馬比起來，我們的感情應該更要好。

「所以說啊——呃，我跟妳講到哪邊？就是關於我們家的狀況。」

「講到你跟妹妹訂婚，這種連在輕小說裡也極為罕見的神祕情節。」

智惠不知為何不高興地噘起嘴唇。

「那不就是阿宗自己跑來跟我報告的嗎？還一起商量『責任編輯叫我們分手』這種爛到翻的戀愛故事。結果不就害得我的ＳＡＮ（理智數值）值一口氣降低成負數，少女心也因此遭受到嚴重的心靈創傷啊。」

「你害我在店裡頭發狂的事情可沒忘記喔。」智惠這麼說著。

「對對對，是那樣沒錯——不過，妳這講法會不會太嚴苛啊？」

「當然是完全不會啦。所以，之後是怎麼樣了嗎？」

「我們大清早就吵架，然後我被從家裡趕出來。」

「爽啦！活該！」

智惠全力擺出勝利姿勢。

「妳那是什麼爽快的笑容啊！」

「啊，抱歉。不小心就把真心話——不是啦，讓我解釋一下嘛。呃……就是說。剛才講的『活該』是指——『活該！這下我爽快多了，你這白痴廢渣！』的意思。」

「喂，這樣更加惡化耶。」

這算是哪門子的解釋？

「哎呀，超讚的。這比『被前任勇者隊伍放逐的主角開始進行復仇』的發展還要有趣，棒透了。」

智惠顯得超級開心，得意的笑容根本停不下來。

她挺起那雄偉的胸膛並拍了一下。

「再詳細點告訴我嘛。身為跟你感情要好的青梅竹馬，就來聽你發些牢騷吧。」

就說妳才不是我的青梅竹馬，到底要講幾次才會懂。

「要分手了嗎？還是要解除婚約？然後要跟溫柔純樸而且胸部又大的黑髮女主角在一起了嗎？」

智惠不斷指著自己的臉，很開心地靠過來。

「不會在一起也不會分手啦，我的周圍也沒有純樸溫柔而且胸部又很大的黑髮女主角存在！」

我強硬地修正話題走向。

「不過還是要讓妳聽我發牢騷！畢竟我原本就是為此而來的嘛！」

「你也還滿自我中心的耶……是沒差啦。」

被我猛力指著臉以後，看來智惠的氣勢稍微被削弱一些。

「那麼，和泉征宗老師。關於今早的吵架，就請你發發牢騷吧。」

「好吧。那就……這一天，我身處於比平常更深沉的睡眠之中……」

我講著輕小說的獨白，把今天早上發生的故事從頭開始講給她聽。

智惠聽著故事，並且很配合地不斷點頭附和。

「你還是一樣很忙耶。動畫的工作從開始播放的好久之前就要做很多事情呢——」

「還好啦。身為原作者要完成的工作姑且已經度過高峰期，跟那時期比起來算輕鬆很多。」

「哎呀，話題偏掉啦。快接著說下去吧。」

「啊啊，是講到哪邊……喔對，講到我感覺棉被稍微被掀開的地方嘛。然後啊，我因為睡昏頭就以為是女朋友鑽到被窩裡，於是用力抱緊——」

「等等！停、停一下！」

「……幹嘛啦？」

「阿、阿阿阿阿宗？難道說，你、你會——跟女朋友一起睡覺嗎？」

「不，不會那樣啊。」

「呼……」

「我們是跟京香姑姑三個人一起睡。」

「你說三個人一起睡！」

智惠超大聲地喊叫。

嗚喔喔……嚇我一跳。還好現在沒有其他客人……不要突然大喊啦。

「啊！智惠妳這反應！一定是有奇怪的誤解吧！才不是那樣！我們只是家族偶爾會普通地一起睡覺而已——」

我把京香姑姑跟我們兄妹之間的複雜關係，小心翼翼地解釋給她聽。

那個人過去也發生過很多事情，所以非常渴求於像是家族間的交流。

我們兄妹也一樣。所以只是把之前的沒有好好相處的份補足而已。

到這年紀還要跟家人手牽手睡覺——這類事情，真的讓人很害羞。

不過稍微一下下的話，我是覺得沒關係。

聽完我解釋後，智惠放心地鬆口氣。

「什、什麼嘛，是那樣子啊……真容易讓人混淆耶。這不是件好事嗎？」

「那是妳太會胡思亂想啦，也太容易產生情色妄想了吧。」

「沒有啦……最近輕小說這類的很流行年紀差很多的女主角……忍不住就……」

不要把責任推給輕小說啦。

不過跟主角年齡差很多的女主角最近的確很流行呢——不管是年紀大很多或小很多。

「唔嗯——那種發展果然怎麼說都不符合現實吧。話說回來，為什麼你會把對方誤認為女朋友然後緊緊擁抱住啊？」

「因為最近我女朋友經常鑽進我的被窩裡頭。」

「奇怪了？難道我要聽的不是發牢騷而是放閃嗎？」

「另外我把棉被掀開後發現裡頭不是我女朋友，而是跑出一個全裸的金髮美少女。」

「這是萌系動畫的劇情吧。這種情節，我在星期四深夜的東京ＭＸ電視台看過。」

「這是現實中發生在我身上的事情啦！」

我把接下來跟紗霧間發生的交談，盡可能解釋給不太相信這一切的智惠聽。

「所以被當成負心漢的我，就這樣被趕出家門。」

「唉～你依舊還是一個輕小說主角耶。」

「這種不名譽的稱號我甘願接受，但是請陪我商量一下吧。妳覺得到底該怎麼辦才好？」

「唔嗯～」智惠雙手交叉在胸前思考著。「跟那種不明事理的女朋友分手，然後交個寬容有包容力又喜歡輕小說的女朋友你覺得如何？」

哪可能找得到那麼剛好的新女友啊。最重要的，我也不打算跟現在的女朋友分手。

「不對，不是那意思啦，智惠小姐。我想要知道的是讓女友大人的憤怒平息下來的方法。」

「不用去平息也無所謂吧？這應該是種無可避免的狀況不是嗎？」

「是那樣沒錯……」

「很好！既然如此，那就只能分手啦！」

「為什麼妳要講得那麼開心！」

智惠這傢伙到底是多想讓我的感情破局啊！

「不不不！我是很同情你的耶！年紀輕輕就被**愛束縛男友的女朋友**拘束住，這不是超可憐的嗎！阿宗你聽好喔——不管是男朋友還女朋友，都該趁自己還是學生的時候盡情地交往跟分手，藉此找出最適合自己的伴侶才對！」

「盡、盡情地……」

「就是要盡情地！」

智惠握起拳頭強調著。

「這可關係著將來是否能有幸福的結婚生活耶。」

「是喔……原來如此。」

「你能明白了嗎？」

「啊啊，我明白了。很意外地，智惠過著對**性方面很奔放**的生活呢。」

「我才沒有好嗎！連第一個男友都還沒交過啦你這白痴！」

「罵、罵我白痴喔……」

不就是因為像這樣，老是立刻做出些粗暴行為的關係嗎？

老實說真恐怖。

智惠咂舌一下後……

「喔，對了。阿宗你啊……」

突然就這麼說：

「既然如此，要不要跟我交往看看？」

「啥？交——什麼？」

由於問得太突然讓我無法理解，智惠「呵呵」地露出有如惡作劇般的笑容。

「就・是・交・往・啊♡男女交際，男女朋友的關係。我們也來試試看吧，好不好？」

「不……我現在有女朋友啊。」

這傢伙有什麼企圖啊？

智惠始終是用若無其事的語氣說著。

「我也知道阿宗有女朋友。所以說～這終究只是『嘗試』一下嘛。只跟一名女孩子交往的話，可累積不了經驗值喔。如果有個交往難易度很高的女友，你不覺得更需要多多練習嗎？」

「唔嗯………所謂練習是指？」

「喔，你有興趣了呢～那麼這樣想如何？假如我跟阿宗正在交往，又假如互相喜歡著對方。假、假如……我們很相親相愛的話喔。」

「妳在害羞什麼啊？」

「我才沒害羞咧廢物！」

……她會不會太容易發火？

智惠因為怒火而臉頰泛紅地怒目相視。

「你看啦，害我都忘記自己講到哪邊！」

「妳講到『假如我們很相親相愛的話』這邊。」

「喔、喔喔……對啦。假如我們……很相親相愛的話，不就可以模擬看看會發生什麼樣的狀況嗎？」

「會有什麼樣的約會，有什麼樣的對話，或是有什麼樣的交流……是這樣子的嗎？」

「對對對。」

唔嗯……

「作為約會式取材的話……或許是很有趣吧。」

「好耶，突破第一道心理門檻。」

「妳說什麼？」

「嗯？沒什麼喔——好啦好啦，如果你跟我交往的話——在這個假設之下，讓我馬上問你一個問題吧。阿宗你在第一次約會的時候，會帶我去什麼樣的地方呢？」

「想不到要去哪裡耶。」

「啊？開這種玩笑小心我揍扁你喔。」

「一下子也想不出來嘛！畢竟我從來沒有思考過跟妳交往這種事情呀！」

再說，對這種講好玩的事情也不用發那麼大脾氣吧。

「『從來沒有思考過』是吧。對啦對啦，我就是好友角色啦。所謂的戀愛啊，如果用細火慢燉的方式來進行那還真的是不行呢。」

真是沒辦法，智惠這麼輕聲笑著說。

「那這樣，『如果跟阿宗交往的話，會有什麼樣的約會』這件事就由我來想看看吧。」

「喔，那樣不錯耶。」

我聽了眼睛都雪亮起來，智惠則是感到很意外地睜大雙眼。

「你對這話題好像很有興趣？」

「畢竟有在寫戀愛喜劇輕小說的話，戀愛故事就是最棒的養分嘛。」

有十個人在，就會有十種以上的戀愛產生。

不管是出身或生長環境，喜好與思想。重視的東西，或是討厭的事物。

甚至連性別都都不同，這就是由他人身上誕生的戀愛故事。

這都是名叫和泉征宗的輸出裝置絕對無法生產出來的事物。

是只能從他人身上採取的珍貴素材。

「而且如果還是同學的戀愛故事，那務必想要聽聽看。」

「情侶情境模擬」可以說是為了獲取戀愛喜劇橋段的常用手段。

主要就是捏造「既有作品的非官方公認情侶」這種行為——

不過智惠似乎是想在現實中做這件事。

這樣我當然不可能不感到興奮呀。

說不定慢慢地，我也已經做好進入「如果智惠是我女朋友的話」這種假想世界的心理準備。

「哼嗯，是這樣的啊？這麼說來，你還在寫校園戰鬥作品時，也是晚上偷跑到學校裡頭惹老師生氣呢。」

「我是在夜晚的學校裡撰寫夜間校園戰鬥的情節啊。多虧那樣我才能寫出很棒的情節來。」

這種事情對於高中生輕小說作家和泉征宗而言，說不定算是一項很強悍的優勢。像是午休時的頂樓，或者是暑假時沒有人煙的游泳池。可以描寫得比我還要寫實的同行應該沒幾個，畢竟我可是在現場撰寫的呢。

「總之就是這樣，我隨時都很歡迎戀愛故事。」

我露出笑容催促智惠。

「來，快點講吧。」

「……被你這樣期待，讓我有點難開口講耶。」

智惠害羞地摸摸自己的臉頰。

「說得也是……如果我是你的女朋友，會想在房間裡進行讀書約會吧。」

「讀書約會？」

「嗯，你想像看看。如果現在店裡交給爸爸來顧，我們兩人到我的房間去。那樣就可以一起悠閒地待在房間裡，閱讀輕小說或是漫畫。要拿動畫出來播也可以呢。」

她是在想像那種情景吧。

智惠嘴角鬆緩地笑著。

「互相討論各自的感想，交換自己推薦的書籍……嘿嘿……我覺得這就是最理想的約會……怎麼樣，你覺得如何？」

「這個跟男性朋友做就好了吧？」

「哪裡好了啦！」

她對我的回答似乎相當不滿意，智惠發出凶惡的威嚇聲並且發動攻擊。

這記頭部固定技實在相當熟練。毫無戰鬥經驗的我，只能毫無反抗之力地被緊緊扣住。

「投降投降投降投降！用、用不著那麼生氣吧！」

「我這個長年妄想至今的『理想約會計畫』，你竟然給我這種超乎想像的回答！我絕對饒不了你！」

「因為妳這個計畫比起跟戀人度過，還是跟三四個同性朋友一起玩還比較有趣啊！」

「喔～所以你會跟男人們打情罵俏，同時享受閱讀輕小說的時光嗎！是喔～！真是不錯的興趣呢！」

「之後才追加情報會不會太狡猾！」

即使是我們進行這種對話的時候，智惠那充滿執著的頭部固定技也沒有放鬆。

她加倍施力，對著腦袋被鎖住而快失神的我說：

「像是跟最喜歡的戀人並肩沉浸在興趣之中，有時候兩人的肩膀還會互相碰觸！或是由於充分信任對方，所以會互相展現出毫無防備的姿態！就是那樣的情節會打動我的內心！這跟男孩子們在那邊打屁閒聊的情況絕對不一樣啦！」

「好痛苦！這樣好痛苦！」

「當男朋友趴在我的床上閱讀輕小說時，我就想要『嘿～♡』地使出熱戀式跳水撲擊跳到他身上啦！你懂嗎！」

我像是被甩開般解放後，只能「呼……呼……」地疲憊喘氣。

然後勉強擠出聲音說：

「嗯、嗯嗯……稍微懂一點。」

「你要懂啦！」

「是！」

好恐怖……以後成為智惠男朋友的人，看來會很辛苦啊。

閱讀喜歡的書籍時被使出熱戀式跳水撲擊的話，就算是女朋友也會生氣吧。

即使如此——

「真是不錯的約會計畫。」

「是嗎？你是說真的嗎？」

「是啊，仔細聽過之後我也改變了看法。跟興趣相投的男性朋友們混在一起雖然也不錯——不過如果能跟最喜歡的女朋友一起從事最喜歡的興趣，愉快聊天的話——我覺得那樣真的是棒透了。」

「嘿嘿～沒錯吧？」

智惠自豪地展現自己的夢想。

我臉頰泛紅的同時也疑惑地歪起頭。

「雖然這麼講，但如果不是相當合得來的對象，似乎也沒辦法進行這樣的約會就是。」

「就～是這樣子呀～這是我的夢想裡唯一的困難之處。」

不過——她這麼說著。

智惠把臉往我這邊靠過來，並露出笑容。

「如果是阿宗跟我的話，不就能辦到了嗎？」

「————————」

不由得地。

我感到一陣心動。

我把我們兩人的身影重疊進她暢談的夢想情景想像著。

我在桌子那邊工作，她則是趴在床上閱讀書籍。

從窗簾縫隙裡照進來的陽光，將她的大腿後方照得白皙透亮。

她三不五時就找我聊天，雖然叫她別打擾我，卻也還是忍不住放下工作熱烈地聊起有關輕小說的話題——

那是無比幸福的日子。

「說不定可以呢。」我這麼說著。

「喔。那這樣，要不要真的來交往看看？」她這麼說著。

我搖搖頭。

「當然不會交往。」

「好頑固啊啊啊！」

這傢伙今天大喊的次數也太多了吧。智惠像是不敢置信地說：

「連半點動搖都沒有，這是騙人的吧？你是《絕對的孤獨者》嗎？這可是我為了有一天要用在告白時，使出渾身解數持續推敲研究的決勝台詞耶！」

「呿～」智惠噘起嘴唇。

「用細火慢燉的方式逐漸提高親密度，等到變成不會有所拘泥的關係時，再刻意用若～無其事的感覺告白。如果好像不會成功的話，雙方還可以都當成玩笑話來看待。等到對方的心理門檻確實降低後再告白是成功的祕訣。如何？很棒的作戰吧？」

「這不會太從容不迫了嗎？」

「誰知道啊白痴！去死啦！」

情緒有夠不安定！

該怎麼辦呢？

「不，可是那個……其實，我是有點小動搖啦。」

「哦——是喔。」

騙鬼，智惠瞇起眼睛像在這麼說著。而我則是像要安撫她般說：

「我只是個例外啦，等正式來的時候我想就會成功了吧。」

「嗚哇！」

「不，那真的是很棒的台詞喔。甚至讓我想用在輕小說裡頭。」

「哈哈，真拿去用的話我就把你埋到店舖後頭去。給我記住喔。」

智惠氣憤地把頭撇開。

這時傳來一道活潑的聲音。

「午安啊～小智跟哥哥♡」

出現在那的是有著開朗笑容的馬尾美少女——神野惠。

「喔，這不是小惠嗎～歡迎光臨。」

「哈囉～我是大家最喜歡的惠惠喲～♪」

身為紗霧的同班同學又是班長的她，笑嘻嘻地揮揮手。

「所以小智，愉快的戀愛故事告一段落了嗎？」

「正如妳所見啦，是鐵壁般的防禦呢。」

「咦～？我從還滿序盤的部分就開始聽你們交談，會不會只是小智用的方式太糟糕而已啊？」

「啊～？小丫頭妳說啥？」

智惠凶狠地瞪向惠。

面對足立區不良少女的瞪視，惠完全不感畏懼。

「雖然哥哥的確是個不會對我一見鍾情的怪人……可是感覺也沒有到鐵壁的程度呀～」

這時惠轉而面向我。

「因為今天你也跟女朋友吵架了對不對？」

「嗚……妳、妳從那麼前面就開始聽了喔？」

「不不不。其實我來這裡之前，有先到哥哥家一趟。」
「咦？真的嗎？妳是跟紗霧約好要去玩的嗎？」
「今天是有事情要找哥哥。可是就算按了電鈴，也都沒有人出來應門。」
嗯，無法離開家裡的紗霧基本上也只能裝作不在家。
畢竟連期待已久的美少女模型被宅配送來也要假裝不在家。即使是朋友來家裡玩，這種立場也不會改變。
「我打電話給小紗霧知道事情經過了喔。明明站在玄關前卻還打電話，這樣實在有點怪怪的就是。結果——哎呀，這部分得要保密才行呢♪」
「哇喔，真令人在意！」
「嘿嘿～」
惠促狹地摀住自己的嘴巴。
「我聽她抱怨很多。好像說是把搞劈腿的傢伙趕出家裡頭——就是像這樣大發雷霆喲。」
「是、是喔……」
嗚嗚……還在生氣啊……本來還想說差不多該回去了……
「她還說這次絕對不會原諒那個負心漢。」
「感覺好像不會讓我進去家裡！」
「就是這樣子。哥哥很可憐地被趕出家門，我就想說會不會跑來小智這邊～」

「看來是猜中了呢。」小惠這麼說著。

「跟女朋友吵架後馬上跑到其他女人那邊，真不愧是哥哥大人♪」

「我覺得妳這種講法實在很糟糕！」

雖然是反射性地回答，但這句惡質的「真不愧是哥哥大人」發言並不是惠講的。

而是另外一名認識的人物。

「好幾天不見了，哥哥大人。」

這位和風的大小姐是宇佐美鈴音，是前幾天認識的國中三年級女生。

她是村征學姊的同班同學以及親密好友。

「哎呀，鈴音怎麼會在這裡？難道說，惠講的『有事情要找我』是指……」

「是的……是我拜託小惠幫忙。說無論如何都想再見哥哥大人一面，並且談些事情。」

「妳是故意說出這種會被人誤解的講法吧。」

看吧，智惠不就露出「什麼……又、又有新的女人出現……？」這種表情了啊。

這麼說來，鈴音好像也是惠的朋友喔。她的人脈還是一樣廣闊。

「呃，如果有事情要跟我講的話，我聽聽看就是。」

「不，晚一點再說也無所謂。也不是在這種地方講的話題。」

「這種地方真是不好意思喔～說起來妳又是哪位？」

智惠用鬧彆扭的聲音質問。

於是鈴音露出她平常那個有如遠古雕像般的古風微笑，鄭重地打招呼。

「我就讀於菜之花女子學園國中部三年級，名叫宇佐美鈴音。」

「是千金大小姐嘛！為什麼會跟阿宗這種人認識啊！」

「本校在幾天前舉辦了校慶——就是在那裡認識的。」

鈴音跟智惠的自我介紹持續了一陣子。等講到一個段落後，她這麼開口說：

「這麼說起來，智惠小姐剛才講了讓人很感興趣的話呢？妳似乎說哥哥大人在戀愛方面有著鐵壁般的防禦力。」

「嗯。我主張他有鐵壁般的防禦力，但小惠卻說也沒有那麼鐵壁。」

「這還真是……非常有趣……是很符合時事的話題呢。」

呵呵呵……鈴音的嘴角浮現出詭異的笑容。

這讓我的背脊不禁感到一股惡寒。

「哥哥大人，如果方便的話可以陪同驗證一下嗎？這也跟我要找你的事情有關。」

「喔、喔喔……驗證是嗎？順便問一下，是要怎麼驗證？」

「只要稍微跟我來一下，這樣子就可以了。」

「………………」

……超可疑的。

再說，剛才鈴音自己也才講過。

跟女朋友吵架的當天就接受其他女孩子的邀請跟過去，身為男朋友這樣說得通嗎？

當然我跟智惠是朋友，雙方都不會別有用心。惠跟鈴音也是類似的關係。

可是……總覺得有很不好的預感。

雖然無法好好說明……但是接受邀請的話，感覺就會回不來。

鈴音身上就是帶有這種氣氛。

「唔嗯……」

當我雙手交抱迷惘，最後還是打算開口拒絕時——

「代價就是『宇佐美鈴音與神野惠的戀愛故事』你覺得如何，和泉征宗老師？」

「好，走吧。」

我很乾脆地接受邀請。

對現役國中女生的戀愛故事進行取材的機會，可是很少有的。

對於撰寫戀愛喜劇的人而言，這可是無法拒絕的邀請。

看到我這模樣，惠呵呵地笑了起來。

「妳看吧，這個人超好搞定的耶。」

「這、這只是利用阿宗職業上的習性而已嘛！還不只是這樣而已喔！這個超級輕小說主角的

鐵壁防禦本領，現在才正準備開始發揮啦！」

「哥哥大人的本領，那正是我想要了解的事物。」

黑髮的大小姐用好像在哪邊聽過的語氣說：

「我很在意呢。」

我們走出高砂書店後，在惠帶頭領導下前往五反野車站附近的卡拉ＯＫ。特徵是可愛的名稱與超～～狹窄包廂的這間店，對於精通遊樂場所的神野惠來說，是個略嫌不自然的選擇。

……為何要特地跑來這間店……？

如果是平常，我應該會感到可疑吧。

很遺憾地，這時候的我正因為可以聽聞到ＪＣ的戀愛故事，所以變得有些不正常。

即使看到這種充滿昭和時期足立區風情的店面格局，我也毫無疑問地跟進去。

我們走在講好聽點是很有懷舊風格的走廊，然後進到包廂裡。

「不愧是小惠，是間很棒的店面呢。」

最先闡述感想的人，是釋放出千金大小姐氛圍，跟這個地點最不搭調的鈴音。

這是什麼嚴苛的挖苦嗎？雖然我這麼想，但惠則是顯得很得意……

「對吧？」

這麼說著。看來只有這兩名ＪＣ能互相理解。

「來，哥哥大人。請坐到這個房間裡僅有一張，看起來很窮酸的沙發中間來。」

這是種——聽起來就很習慣命令他人的語調。

名叫鈴音的少女即使離開有如教會般的校舍，身旁還是纏繞著神聖的氣息。

「喔、喔喔。」

我只能照她說的來行動。

接著惠跟鈴音好像要把我夾住般坐下來……到這個地步，我才終於產生這種配置會非常糟糕的思考。

總之這個房間很小，三個人一起坐下就會很擁擠。

在這種地方被兩名美少女國中生給夾住的我，感受到一股好像被引誘進狩獵場的不安與恐怖感。這絕對不是有女朋友的男孩子該來的地方。這簡直就像是NTR系同人誌那類作品裡的人渣玩咖男，會把有男朋友的女孩子強硬拉進來的房間。

現在這種情境，男女角色根本相反了嘛。

總覺得好像講太多這間店的壞話了，希望足立區的本地居民千萬不要把這間店調查出來。這終究只是間虛構的卡拉OK，希望大家都當成這樣就好。

和泉征宗在此拜託大家。而且這裡只是不適合惠跟鈴音而已，如果我要一個人來唱歌的話，這裡可是間非常棒的店家。這點就讓我用力講些好話。

總之就是這樣子。

我現在陷入非常糟糕的狀況。

「哎呀呀？哥哥怎麼把身體縮成這樣子呢～是怎麼了嗎？好可愛～～難道是在緊張嗎？」

「呵呵呵……這還是我出生以來，第一次跟男性如此密切接觸。總覺得像是在做些不文雅的事情，真讓人心跳加速呢。」

這對搭檔講的話充滿不正經的感覺啦！

她們絕對是故意這樣講的吧！是為了要作弄我吧！

「………………」

可是，我也不能隨便做出反應。

尤其是惠，雖然她故作成熟但其實是個不輸給紗霧的清純女孩。如果提起她的胸部碰到我的手肘，說不定還會哭出來。所以無可奈何之下，我也只好保持沉默。

關於鈴音……我也搞不太懂。

雖然不能說是什麼部位，但這麼毫無感觸的情況也是不輸給紗霧。

當然這我也不可能說出口。

「那個……雖然現在才講，但我們要不要換間店？」

「咦～～？不可以喲。對不對啊，小鈴音？」

「就是說啊，哥哥大人。要換間店是不可能的事情。畢竟難得帶你來到可以像這樣審問……不對，來到像這樣適合驗證的場所嘛。」

「妳剛才講審問對吧！現在開始是要幹什麼嗎！」

「是要討論戀愛故事喔。剛剛不是才這麼講過嗎？」

「審問也包含在裡頭吧！」

「嗯，是這樣沒錯。」

「果然是這樣！被騙了！我要回去！」

「這裡的牆壁還滿薄的，如果我們在這邊哭喊大叫的話會變成怎麼樣呢？」

「…………………………」

我想這間店，應該是不會去報警之類的吧……？

雖然這麼想，但也沒有勇氣去嘗試。

「驗證……審問……妳到底想問什麼？」

「哥哥大人——你為什麼把小花甩掉呢？」

「！」

這個出乎意料的問題，讓我猛然抬起頭來。

鈴音那白皙美麗的臉龐，就近在眼前。

她說的「小花」，就是指我的同行千壽村征學姊。

不久之前我接受村征學姊邀請，前去參加她跟鈴音就讀的「菜之花女子學園」的校慶。鈴音對於我這個親朋好友的心上人很感興趣，在校慶期間好幾次從旁出手干涉。

這都是為了測試我。

為了把我不知道的村征學姊——把我不知道的梅園花魅力，傳達給我理解。

——因為這麼一來，我們的小花不可能會輸。

我在後夜祭上，接受村征學姊傾心思慕的告白。

——可是，我有更喜歡的人。

——所以，無法回應妳。

我這麼回答。

鈴音那美麗的嘴唇，妖艷地編織出話語。

「我無論如何都無法接受。從旁人那邊聽來的消息也不能作準，所以——」

「我就幫忙製造出可以跟哥哥本人交談的機會啦。」

惠這麼說著。

「嘿嘿～♪如果是這種情境下，哥哥也沒辦法矇混過去吧？」

「真是幫了大忙呢，小惠。作為報答，就讓我告訴妳哥哥大人偷偷用手肘頂妳的胸部這件事吧。」

「呀啊！哥、哥哥哥、哥哥你！」

「抱歉！我也是現在被她講到才發現的！」

「真、真的嗎？真、真是喔…………哥哥好色。」

明明已經來不及了，惠還是用裝成熟的演技來掩飾。

她滿臉通紅地用手抱住自己的身體。

然後我也獲得確信。跟惠比起來，鈴音才是性格更加惡劣的女孩子。

如果惠是裝成熟的小惡魔，那鈴音就是披著聖女外皮的惡魔。

「所以——實際是如何呢？」

惡魔用散發秋波的眼神這麼說。

「可以請你告訴我，拒絕小花告白的理由嗎？」

「因為我有最喜歡的女朋友了，沒辦法跟其他人交往。」

「這是指那位今天早上吵了一架的女朋友嗎？」

「是啊。」

「到這邊為止，都跟我聽聞到的相同。只是，我果然還是搞不懂。不管擁有多麼美麗動人的女朋友，在那種準備周全的狀況之下，我都不認為小花的告白會被拒絕。」

鈴音似乎真的感到很不可思議地側著頭。

恐怕三年一班的女孩子們，也都會持相同意見吧。

因為她們非常明白認識許久的村征學姊——也就是梅園花的魅力。也清楚理解那個人有多麼可愛，被她喜歡上的人是多麼地幸福。

假如——我跟紗霧沒有喜歡上對方，而紗霧也有心儀的異性。

然後發生「紗霧被那傢伙甩掉」的狀況。

我也會有相同的想法吧。

「怎麼可能有這種事」「會把這麼可愛的紗霧甩掉的男性根本不可能存在」這類的想法。

「嗯……從妳的角度來看，或許是那樣沒錯。」

「是的，的確如此。從小花的父親大人那邊聽完事情經過後，我們班上所有人趁本人不在的時時候進行過討論。像是這到底是怎麼一回事，那個不起眼的男生到底是哪根蔥，難道我們疏忽了什麼致命的重要線索嗎？」

「妳們喔……難道是認為村征學姊被甩的原因『跟我講的內容不一樣』是嗎？」

「率直地說，正是如此。然後……經過漫長的班級會議後，我們覺得會不會是這樣？總之準備好一個猜測後才前來。」

竟然全班動員起來舉辦告白的反省會，村征學姊知道的話大概會害羞到要死掉吧。不過這也代表她在班上多麼受到喜愛。

鈴音對稍微感到畏縮的我這麼說：

「哥哥大人，可以跟我核對一下答案嗎？」

「妳說說看。」

「我就直說了，小花是不是在告白途中拿出刀刃之類的呢？」

「妳們把認識那麼久的好朋友當成什麼了啦！」

「我們覺得她就是有可能做出這種怪異行為的女孩。如果小花她拿出刀刃，同時進行愛的告白……那麼哥哥大人說『我有女朋友』『有更喜歡的人』的這些理由，我們也就可以接受。班上的同學們也都說『既然是拿出刀刃的話，那也沒辦法呢』而一致同意這個說法——如何呢？這個猜測……是否預測準確呢？」

「完全沒猜中啦！」

再怎麼說這對村征學姊也太失禮。

重視的前輩被講成這樣而讓我感到憤慨時，才注意到鈴音正緊盯著我的眼睛。

「唔……看來似乎沒有說謊。那麼……是真的嗎？比起小花，你更喜歡現在的女朋友是嗎？所以才會拒絕告白？」

「是啊。」

「唔唔…………這種事情……」

鈴音露出複雜的表情陷入思索。

另一方面，惠則是聽著我們的對話同時不斷滑著智慧型手機。

是有那麼好玩嗎？看她滿臉笑嘻嘻的。

「妳在笑什麼啊？」

「沒有啦～只覺得小紗霧真是被深深愛著呢～」

「那當然啊，不然妳以為我是有多麼地喜歡她啊。」

「呵呵呵，說得也是呢～」

惠發出燦爛的笑容，彷彿像在對著手機這麼講一樣。

接下來，她對鈴音開口說：

「小鈴音，妳還是不能接受嗎？」

「唔……是的。」

「那麼為了驗證，讓我們繼續聊戀愛故事吧！畢竟也約好要聊聊我們的戀愛故事嘛！」

惠朝我眨了眨眼。

「這意思是？」

「來聊聊我對於戀愛的想法，同時來驗證一下哥哥的鐵壁防禦到底有多麼堅固吧♡」

說完後——

惠就充滿朝氣地，一屁股坐到我大腿上。

「喂、喂喂……」

一股強烈的似曾相識感，讓我回想起第一次跟惠見面那天的事情。

那天她好像也是這樣，為了作弄我而緊貼過來。

「呵呵～哥哥的身體，好暖和喲～」

明明光是胸部被手肘頂到就會滿臉通紅地發出慘叫，這傢伙卻又很喜歡自己不斷進行親密接觸耶……這部分的感性，實在讓人搞不太懂。

惠更進一步把嘴唇靠到我耳邊。

「那個……正宗。」

我感到一陣酥麻——背脊也不斷顫抖。

「妳、妳這叫法是……？」

「嘿嘿……對喜歡的男孩子，不是都會想要直接叫名字嗎？」

「喜——」

「我……很喜歡正宗喔。」

一口呼氣吹到我耳邊。

「要不要瞞著小紗霧……偷偷跟我外遇一下呢？」

「不幹。」

當我立刻回答後，就聽到「噗」的笑聲。

「喔，哥哥這樣子很不錯嘛♪可以好好～地撐過我的誘惑呢～好乖好乖。這樣子我說你的防禦沒有那麼鐵壁的發言，說不定可以取消掉喔。」

「反正妳也不是認真的吧。」

「嗯～這～很難說～喔～嘿嘿嘿……如果你說『好』的話……我說不定也會答應。畢竟關於喜歡這部分，我可沒有說謊——開玩笑的啦♡」

留下危險的話語後，惠的嘴唇從我耳邊離開。

「……妳也差不多該從我大腿下來了吧。」

「啊，關於這點啊？」

惠用手指著我的鼻子。

「哥哥你真的非常非～常深愛著女朋友呢。關於這點，我也認為沒有懷疑的餘地。可是啊～當其他女孩子緊貼過來的時候，你都不會有太強烈的抵抗耶。」

「嗚……」

說不定……是這樣……沒錯。雖然這樣講很像在找藉口，可是我對於觸碰女孩子的身體推開她們有股抗拒感……所以就不知道該怎麼辦才好。

「我講直接點，這個就是『這次吵架』的原因之一。我會對小智說哥哥的防禦沒有那麼鐵壁，也是基於這個理由。雖然如果用強硬的方式緊貼上去的話，哥哥也會認真抵抗吧。但是如果像現在這樣採用作弄的方式，感覺哥哥就沒辦法做出太強烈的抵抗耶。雖然沒有辦法說是誰，但是我想知道的女孩子就是很清楚這點喔——所以啦♪我的戀愛故事就是像這樣的感覺。可以作為參考嗎？」

「非常值得參考，我會銘記在心。」

這是惠給我的斥責與忠告。

我真摯地接受後，這次就自己親手把惠從大腿上推開。

「啊嗯，你在摸哪裡呀。好色喔♡」

「囉唆啦。」

如果真的摸到危險的地方，妳明明就會尖叫。

「啊……惠……謝謝妳喔。」

「沒關係啦。朋友的煩惱，我都會想辦法幫忙解決。」

跟惠的交談告一段落時，一直露出不滿表情保持沉默的鈴音，喊了聲「哥哥大人」後對我說：

「如果方便的話……可以再說得更詳細點嗎？就是關於那位連現在的小花都無法匹敵的……『女朋友』。」

「關於紗霧嗎？」

「是的。哥哥大人為什麼會如此喜歡那一位——這件事讓我非常在意。」

鈴音把手抵在胸前。

「我認為……所謂的戀愛，是讓自己獲得幸福的行為。」

「哦，接下來是小鈴音的戀愛故事嗎？」

「小惠，請不要挖苦我了。要我認真講這種事情……會覺得很害羞……關於哥哥大人的女朋友，我有從小惠跟小妖精那邊聽聞到許多。也有隔著畫面與她短暫交談的機會——似乎是位可愛又美麗的女性呢。有著繪畫的才能，跟哥哥大人認識許久。充滿回憶，又擁有共通的夢想——這真是非常美好的關係，讓我感到很憧憬。」

「那真是多謝了。不過從自己以外的人口中聽到這些，還真令人害躁耶。」

「可是哥哥大人，只有這樣的話，我果然還是不認為小花會因此敗北。哥哥大人如果跟小花交往的話，一定會變得幸福喔。」

「跟村征學姊成為戀人而且還結婚的話，想必會非常幸福吧。」

我用平穩的聲調這麼回答，因為我很明白鈴音這麼說的心情。

「可是啊，我跟紗霧在一起才是最幸福的喔。」

「————」

「聽鈴音講我才想起來。好像有在哪本書上讀到過……上面寫說所謂的人類，只會為了自己而行動。就算為了他人而行動，到頭來也只是為了自己……記得是這樣的內容，這說不定講得滿準確的。」

也許是無法理解我講這些的意圖吧，鈴音疑惑地側著頭。

抱歉。我也沒辦法像寫文章時一樣，講得那麼流暢。

「我啊，以前曾經遇過很不好的事情。在那之後就一直思考，想著『所謂的幸福到底是什麼』。成為輕小說作家後，就會思考得更加具體。因為會希望閱讀我的書籍的讀者們，可以感受到幸福嘛。『所謂的幸福是什麼？』『所謂的有趣是什麼？』——如果不明白這些，我認為自己就寫不出小說來。」

「哥哥大人……你真的不怎麼會說話呢。」

鈴音嘻嘻笑著，並說聲「算了，沒關係」後繼續講：

「請容我詢問一下結論……所謂的幸福，到底是什麼？」

「這點我覺得每個人都不同。對什麼感到有趣，認為什麼才是幸福——這是會因人而異的事情。雖然有『許多人認為是幸福的事情』或『許多人覺得有趣的事情』存在，但就算寫了這些也絕對不會因此成為最棒的答案。不管是波長跟我多麼合得來的讀者來閱讀，也多少會產生些偏差。對於自己而言最幸福的事物，想必只能靠自己訂製才能獲得吧。只能靠自己發現，靠自己思考，靠自己親手獲得才行。」

就像那個人所追求的「世界上最有趣的小說」一樣。

我閉上眼睛在腦海裡描繪。

「我自己非常清楚，對我而言最幸福的事物為何。就是『跟最喜歡的家人在一起，歡笑度過每一天』。這樣子。或許這很普通常見，但我一直想要過這樣的日子。每當我想像著幸福時，總是會出現紗霧的笑容。我為了讓自己獲得幸福，就必須讓紗霧獲得幸福。」

所以，其他任何人都不行。

當我這麼說完，鈴音厭煩地嘆口氣。

「……總覺得被迫聽了很誇張的戀愛情話。」

「抱歉。總覺得沒有辦法好好傳達給妳明白，不過大概就是這種感覺吧。」

「哥哥大人你擁有明確又幸福的未來展望呢。你是為了獲得那項事物而行動，所以完全不會採取讓自己遠離幸福的行為，不管多麼有魅力的女性也不會就此屈服。原來如此，這真是強敵。我能夠明白了。」

「那真是太好了。」

「……如果想要攻陷像這樣的哥哥大人——提出比現在更加美好的未來展望才是最王道的方法吧。雖然完全無法推斷出那是什麼樣的事物……不過，如果是我的話……」

「是妳的話？」

「就會唆使女朋友那邊發生外遇吧。」

「沒有被妳喜歡上，真是讓我打從心底感到安心。」

真是邪道過頭了。

當然我是不認為紗霧會外遇，但也不想跟惡魔為敵。

「那個……我說正宗啊？」

「惠……可以別那樣叫我嗎？」

會讓我感到顫抖啊。

「那這樣，哥哥。」

「幹嘛？」

「我覺得你現在立刻回家會比較好喔。」

「我就是被趕出家門才會在這裡啊。紗霧好像還在生氣……我還是等到中午左右，去買個紗霧喜歡的好吃美食再——」

「不，我真的不會騙你啦！還是趕快回去會比較好！」

惠的臉龐不知為何變得無比火紅。

她用似乎已經無法忍受的匆忙模樣把手機的電源關掉，接著用心神蕩漾的表情按著額頭。

「嗚哈～……連我都暈頭轉向了。看來小紗霧……會因為哥哥的關係，變得很不得了喔。」

到底是為什麼？

我不明就理地離開卡拉ＯＫ，然後遵照惠的指示跑回家裡頭。

為了紗霧你趕快回去吧。搞不懂意思也無所謂，快點回去。

被這樣猛烈催促好幾次，我也只能照她說的去做。

浮現在腦海裡的是目擊到外遇現場（雖然是誤會），面無表情發怒著的紗霧。

我內心不斷顫抖著，並打開家裡的門。

「……我、我回來了～」

正當這時候，腰部傳來一陣衝擊。

「呃，紗霧？」

是紗霧突然緊緊抱住我。

看來她是待在玄關等待我回來。

紗霧低著頭，無法看見表情。她雙手纏著我的腰……

「嗚……」

用盡全力緊緊抱著我。

「怎、怎麼了嗎？」

之前當我回家時，紗霧雖然也曾經出來迎接過我。但今天紗霧的模樣有些奇怪。

「我不在的時候，發生什麼事情了嗎？」

「嗚……」

紗霧用力搖搖頭。

然後……

「哥哥真是笨蛋！那、那樣子……會讓人很害羞吧！」

「咦咦……？」

「……嗚嗚～～」

紗霧把頭埋到我胸口裡磨蹭。

真的……到底是為什麼啊？

跟惠講的一樣。雖然不知道原因——但紗霧變成很不得了的狀況。

由於看起來並不是受傷或者是生病之類的，我在搞不清楚情況下也只能隨她擺布。

紗霧埋首於其中的胸口，開始發熱起來。

胸口的鼓動，說不定被她給聽見了。

「那個……今天真是抱歉呢。妳肚子餓了吧？我馬上準備午餐喔。」

「……嗯。」

「那個……後來……妖精她怎麼了？」

「弄到她哭出來了。」

「是、是喔。」

不要詢問詳情好了。

「哥、哥哥。」

這時候——

紗霧終於抬起頭來。她就這樣抱著我，在至近距離下……

「我們要永遠在一起喔。」

投以會讓我獲得幸福的笑容。

情色漫畫老師
ero manga sensei
第二章

那天夜晚，我——和泉正宗陷入窘境。

我按照最近的習慣，坐在沙發的客廳裡工作……

「～～～♪」

坐在旁邊的紗霧，卻緊緊貼著我的身體不放。

她心情非常愉快地哼著歌曲。

「那個……紗霧？」

當我對這樣的紗霧出聲時……

「嗯？」

她露出微笑，抬頭看著我。

「……怎麼了嗎？哥哥？」

「沒事……」

怎麼了嗎？這句話是我想說的啊……

今天早上，我被紗霧目擊到外遇現場（雖然是誤會）而被趕出家門。

接下來，在高砂書店跟卡拉ＯＫ發生不少事情——

最後在惠的催趕下回到家裡。

然後——

——**我們要永遠在一起喔。**

紗霧的心情就已經變好。

老實說，我完全搞不懂這是怎麼一回事。

當然我也有詢問她本人。

「呵呵……是祕密。」但她總是用這種意味深長的笑容回答我。

然後紗霧就變成這樣，親密接觸的狀況遠比以前還要過剩許多。

不是緊貼著我的腰，就是勾著我的手，不然就是靠到我背上。

被最喜歡的女孩子持續做出這樣的行為，對我來說既是高興又是害羞還很困惑，根本無法專心工作。

——即使如此，到剛才為止我都還可以忍耐。

現在。

餐點的準備都已經結束，我跟紗霧也都洗好澡。

再來就等京香姑姑回來，全家人一起來吃晚餐——是這樣的狀況。

這代表說……紗霧是剛洗好澡換上睡衣的模樣……

這跟「世界上最萌不起來的衣服」，也就是所謂的全裸相反。現在的她所有動作看起來都很煽情，可以說是穿上了最強的裝備。

世界第一的美少女，穿著最強裝備對我耳語：

「那個……哥哥。」

「啊、啊啊……怎麼了，紗霧？」

「你……喜歡我嗎？」

紗霧抬頭看著我這樣問。

「…………嗚。」

我差點就要失去意識，但還是勉強支撐下來。

然後回答說：

「……喜、喜歡……啊。」

「呼嘿嘿～～♪我也是～～～～～～～～～～♡」

啪噠～～～

紗霧整個人趴到我那坐在沙發的大腿上頭。

然後就這樣彷彿很開心般，雙腳天真無邪地不斷上下揮動。

這簡直像是小孩子對母親撒嬌的動作。只不過從她身體上散發出剛洗好澡的誘人香氣，甜蜜的味道幾乎讓我的腦袋麻痺。

「……嗚……唔……」

這真是危險的感覺。我拚死忍受想要緊緊擁抱她的衝動。

前幾天，我才因為被紗霧誘惑而差點死掉——

這次的這個，則是破壞力似是而非的行為。

她並不是自覺性地在誘惑我，單純是紗霧那「想要撒嬌所以跑來撒嬌」的想法有傳達過來，於是才湧現出惹人憐愛的感覺。

同時，邪惡的欲望也一樣。

啊哇哇……這個姿勢，很糟糕……

雖然無法詳細說明，但是非常糟糕……

「紗、紗霧……？拜託妳可不可以別那麼緊貼著我……」

「不要。」

「為什麼！說真的，到底是怎麼了？妳從剛才開始就一直緊貼著——」

「不喜歡嗎？」

「我很高興！但要告訴我理由啊！」

「因為人家就是想跟哥哥貼在一起。」

「我是問想要這麼做的理由！」

「那是…………嘿嘿……是祕密。」

總之——

今天一～直都是這種感覺。

紗霧絕對不是有意識到這點才這麼做的吧。但是對我而言，自己就像在理性即將崩壞的邊緣，不斷地被玩弄一樣。

「嘿……咻。」

原本趴在我大腿上的紗霧，將身體翻轉過來。

轉為躺在我大腿上的姿勢。

原本稍微蓋住臉龐的長髮，順從重力散落而下。

剛洗好澡的火紅臉頰，吸引住我的視線。

「……那個。」

這時，紗霧嬌小的嘴唇編紡出話語：

「也跟我聊聊戀愛故事嘛。」

「——————」

突如其來的這句話，讓我一瞬間無法回應。

「……是從惠那邊聽來的嗎？」

「嗯。哥哥在收集女孩子的戀愛故事……說是這樣。」

「先說在前頭，我可不是因為興趣才想要聽戀愛故事的喔。」

我把會產生負面影響的誤會訂正後，繼續這麼說：

「……這也不是只限定女孩子，更不是今天才突然開始收集的……姑且算是……隨時都在募集。」

畢竟我是戀愛喜劇作家嘛，我故作鎮靜地低聲細語。心臟則噗通噗通地快速跳著。

結果紗霧似乎不懂我的想法，講出「是這樣啊，好像小真希奈喔」這種話。

葵真希奈。

負責我們的作品《世界上最可愛的妹妹》腳本的動畫腳本家。

「……是沒有收集到像那個人那樣貪心啦。」

真希奈小姐為了直接體驗我們兄妹的戀愛故事，甚至曾經有段時間跑過來一起居住。能夠取材到如此徹底的人，我還是第一次見到。

雖然老是交不出原稿這點實在無法誇獎，但她是名值得尊敬的創作者。

「呃……紗霧跟我……來聊戀愛故事嗎？聊我的故事可以嗎？」

「嗯……我想聽哥哥講戀愛故事。」

「知道啦。那我要講真心話嘍……聽我說吧。」

我跟躺在大腿上的紗霧四目相交，然後開始說：

「我啊，現在有個非常喜歡的人。」

「嗯。」

「那個人對我而言，是初戀情人。」

「嗯嗯。」

應該知道就是在講她自己吧。

紗霧維持仰躺，露出柔和的笑容。

我繼續說：

「講起我喜歡那個人的哪些地方——」

「嗯嗯——咦？」

「光是跟她在一起，就會覺得很幸福的部分。為了看到那個人的笑容，讓我覺得自己什麼都能做到的部分。總是帶給我活下去的動力的部分。不管寂寞時、辛苦時還是難過時，都一直陪伴在我身旁的部分。」

「哇、哇哇。」

「我也喜歡她很努力的部分。努力用功學習，親手製作料理給我吃的部分。為了克服家裡蹲，還會偷偷練習的部分。日復一日，為了繪製出更可愛的插畫，不斷努力摸索嘗試的部分。」

「那、那那那！那、那是因為喜歡才去做的而已……！」

「嗯，我知道。所以才會喜歡啊。」

我笑了笑，並繼續說：

「當然不只是內在，外觀我也喜歡喔。不管是那有如天使般美麗的秀髮，還是如同雪花妖精般雪白的肌膚，或是彷彿寶石般的眼睛，我都覺得是全人類裡頭最可愛最漂亮的。」

「啊哇、哇……嗚嗚……」

「能夠跟紗霧這樣的女朋友相遇，是我的人生……」

「停下來！停──下來！」

紗霧哇哇地雙眼瞇成><狀，並伸出雙手來阻止我。

「幹、幹嘛啊？」

才講到一半而已。

紗霧用力閉起眼睛，變得滿臉通紅。

「這樣好害羞～～～～～～～～～！為什麼要講這種事情～！」

「不是，妳問為什麼……是要講戀愛故事吧？是妳先提起說要講的呀。」

「就算是這樣……嗚嗚～～～」

紗霧用手摀住我的嘴巴，並且用力大喊：

「竟然對當事人炫耀女朋友……真不敢相信！而且還是剛洗完澡！」

「這跟剛洗完澡到底有什麼關係啊！」

「不知道啦！哥哥好色！」

「咦咦……？」

完全搞不懂這什麼意思。

可是當紗霧用「好色」或是「變態」的詞彙責備我時，大多數都是自己也在想著色色事情的時候。這點我已經知道了。

雖然不會說出來就是。

取而代之的，我這麼說：

「雖然聽不太懂，但剛才是紗霧不好。」

「為什麼？」

「都是因為妳剛洗好澡就一直貼過來，我才不得不把炫耀女友的話說出口啊。」

「聽不懂你這什麼意思！這跟剛洗好澡有什麼關係啊！」

「那種事情我怎麼可能說出口！情色漫畫老師好色！」

就是因為剛洗好澡的女朋友跑過來貼著，讓自己產生色色的情緒，所以才有必要紓解啊！

「人家不認識叫那種名字的人！」

伴隨慣例的台詞，我們開始互相瞪視。

「嘎嚕嚕……」

紗霧露出牙齒開始威嚇。

明明是跟女朋友聊起戀愛故事，為何會變成在吵架呢？

我們自己也不清楚。

「總而言之——我的戀愛故事還沒有講完，可以讓我講到一個段落為止嗎？就是『和泉正宗到底有多麼喜歡女朋友的哪些地方』。」

「那是五分鐘左右就會結束的話題？」

「有兩個小時左右的話，勉強可以把第一章講完吧。」

「嗚……那樣太羞恥，我覺得自己大概十分鐘左右就會死掉。」

有那麼誇張嗎？

「……那這樣，這次輪到妳講戀愛故事了。關於『紗霧喜歡我哪些地方』——就請妳說來聽聽吧！」

「……怎麼可能講出來。」

「為何啊！」

「我想要『來聊聊』的戀愛故事，不是這種的。」

紗霧瞇起眼睛表示拒絕。

「妳說不是這種的……不然是那種？」

「是更加……哲學的感覺。」

怎麼好像開始講些自我感覺良好的話來。

「……哲學性的戀愛故事到底是？」

「就是……何謂愛，何謂戀情……之類的——不對……那個……像是哥哥的想法……我的想法……戀愛觀？該說這些我都想好好討論一下嗎……嗯嗯……抱歉，我沒辦法好好說明。」

「………………」

難道說——她有跟惠這些朋友，講過這類話題嗎？

我保持沉默，藉此催促紗霧講下去。

因為我很認真地想要聽她說。

躺在我大腿上的紗霧，在這時候起身。

「『所謂的戀愛，是讓自己獲得幸福的行為』……小鈴音……她有……這麼說過吧？」

她講得好像有在現場直接聽到一樣。

唔嗯——惠那傢伙到底講到哪邊呢？

「雖然這很像是有所盤算的講法，但也很有小鈴音的風格。我也覺得……說不定是這樣沒錯。」

「我覺得啊，她有些部分也是故意講得好像有所盤算就是。」

終究是「從自己的角度來想」的意圖，特別像是鈴音的風格。

「嗯。」

紗霧微微點頭。

「可是，我的想法稍微有點不同……我認為戀愛並不是像小鈴音講的那樣可以盤算或是被盤算的事物。我覺得是更像……生病一樣，突然就發作……感到痛苦……自己也無可奈何的……事物。」

「我懂。」

「「！」」

突然傳來同意的聲音，我和紗霧因為這預料外的情況而同時轉頭。

於是。

「小京香！」「是什麼時候——」

我們的監護人，京香姑姑就站在一旁。那是我們所在的沙發旁邊。

「從剛才開始就在這邊了喔。看來你們兩個，眼中都只看得到對方而已呢。」

我們的臉頰……瞬間泛起紅暈。

沒想到跟女朋友聊戀愛故事竟然被家人聽見……

真是尷尬的狀況。

京香姑姑還是老樣子，露出跟內心無法連動的恐怖表情……

「紗霧說得沒錯——所謂的戀愛，是跟生病一樣突然產生的事物。是很難過，很哀傷……自己根本無可奈何——這一點，我真的很明白。」

不斷點頭贊同。

什麼！沒想到這個人竟然會參與戀愛故事……！

就連紗霧也用困惑的語氣詢問：

「那個……小京香也想聊戀愛故事嗎？」

「嗯，請務必讓我參加。但其實我也沒有聊過就是。」

「啊……京香姑姑……難道說妳有喝酒嗎？」

「我去參加同事的結婚典禮，雖然只喝一杯就溜出來了……有酒味嗎？」

京香姑姑抬頭往我瞄了一眼。

明明是帥氣的套裝打扮，舉止卻有點像小孩子。

「不……只是說，臉稍微有點紅。」

說起來，沒喝酒時的京香姑姑不可能會率直地說要參與戀愛故事。

因此猜想她有喝酒，我想是很妥當的預測。

看來果然是那樣，這個人酒量挺差的呢。

京香姑姑把視線從我身上移開，然後忸忸怩怩地合起雙手。

「這是我以前的夢想……那個，在教育旅行的夜晚……鑽進棉被裡頭，跟感情好的朋友們一起討論戀愛故事。但我是這種性格……當時是站在警告同班同學這邊……也就是妨礙大家這一邊的……所以從來沒有遇過那樣的機會。」

我懂。

京香姑姑是屬於班長或是風紀委員這種類型的嘛。

「你們幾個！已經是熄燈時間了！不要聊那些無聊的話，快點去睡覺！」
「呿～和泉實在正經過頭了啦～～～～」

這種學生時代的對話，可以清晰地想像出來。
「其、其實我也有很多話題想聊。像是我喜歡的人有多麼帥氣又多麼出色，或是遲鈍到讓我感到煩躁，這些我都好想向同班同學炫耀或抱怨個一長串……」
「嗯……小京香的心情我能體會。」
紗霧點點頭。
京香姑姑則說「妳能明白嗎？」，變得很開心。
「像是隔壁班的波多野其實在跟學生會的遠藤學長交往，還有我看見學生會長找書記加賀去約會看電影。我有好多這種整個學年絕對只有我知道的機密戀愛情報！好想邊賣關子邊告訴大家喔！可是……」
自己根本沒有可以聊戀愛故事的朋友——她這麼說。
京香姑姑沮喪地噘起嘴唇。
真是個哀傷的過去往事。
這個人喝酒後也變得太老實了吧。

難道說包括京香姑姑在內，我們三個人必須開始聊起戀愛故事嗎？

雖然心情上很想讓她實現夢想，但這樣超讓人害羞的耶！

正當我思考到這邊時，紗霧「啪！」地拍響手掌。

「小京香，我有個好主意！」

「好主意……是嗎？」

「嗯！我也想像在教育旅行的晚上那樣聊戀愛故事——」

「所以把可愛的女孩子們叫來這邊，舉辦過夜留宿吧！」

紗霧彷彿像是發現情色書刊般，眼睛閃爍著光輝。

「過夜留宿，這……紗霧，妳沒問題嗎？」

我這句話包含各種層面的意義。

如果是由紗霧主辦的過夜留宿，就會發生複數個無法視而不見的問題吧。關於這些問題，紗霧有什麼想法呢？

「那當然，我已經想好了。我的房間太窄，所以鋪棉被的地點是這裡，就選在客廳。然後叫來的女孩子們，是我可以待在一起的對象。」

「嗯嗯……」

如果不是感情相當好的對象，紗霧就無法與其待在相同空間裡。

既然是要離開自己房間，下到一樓睡在相同的房間裡……

能夠叫來過夜留宿的成員，應該只有很少數吧。

「具體來說是打算叫誰來呢？照現在講的內容，就是京香姑姑、妖精還有——」

「我跟小妖精還在吵架，所以不叫她。」

「啊，好的。」

今天早上那件事，看來還沒有和好。

即使如此，妖精對紗霧來說還是能敞開心胸的親朋好友，這個事實不會改變。

我完全不擔心她們會就這樣變得疏遠。

「要叫來的除了小京香外——是惠、小村征跟姊姊。」

「姊姊？」

是誰啊？我思索了一瞬間，但馬上就想到。

「愛爾咪啊。」

「嗯。」

亞美莉亞．愛爾梅麗亞。

有著一頭少年般紅髮的插畫家，被稱為萬能繪師的天才。

她就是情色漫畫老師G的真實身分，也是情色漫畫老師的師妹。

對於紗霧而言，她在各方面上的確就跟「姊姊」一樣。

作為「過夜留宿」的成員，是最棒的人選吧。

京香姑姑向紗霧詢問：

「神野小姐跟村征小姐，是以前進行『學校遊戲』時的女孩子們吧。」

「嗯……我們感情很好……即使過夜留宿……也沒問題。」

「那我就放心了。呵呵……我現在就變得好期待呢……謝謝妳，紗霧。」

京香姑姑很開心地道謝。

那是彷彿真的回到學生時代般，朝氣蓬勃的笑容。

我開口問她：

「京香姑姑妳沒問題嗎？要跟紗霧的朋友一起過夜留宿。」

雖然她說過夜留宿是種夢想，但這種情境會不會有點太勉強了？

我是用這個意思詢問的，但京香姑姑用一臉彷彿沒喝醉的正經表情說：

「可以參加國中女生們的過夜留宿，是求之不得的好事。」

「那個……只有一個人是成年人耶。」

「我在兩三年前也還是國中女生嘛，實質上就跟國中女生沒兩樣。」

這種虛報年齡的方式也太豪邁了。

「照這種理論的話，京香姑姑搞不好就比我還年輕了耶。」

「其實正宗對我來說，就是個年長的姪子呀。」

妳之前明明才講了我出生時的過去往事。

這也太矛盾了吧，京香姑姑。

我也只能發出放棄反駁的苦笑。

「這還是我第一次看到京香姑姑講得這麼起勁。紗霧……酒還真是種危險的飲料呢。」

「呼嘻嘻……哥哥，酒是種很棒的飲料呢。趁現在給她穿上國中時代的制服吧。」

「妳這還真是恐怖的發想耶。」

她酒醒以後會痛苦到快死掉，還是別這麼做吧。

我決定了，絕對不要跟紗霧一起喝酒。

紗霧迅速拿出智慧型手機。

「那我馬上邀請大家，準備就麻煩哥哥了。」

「ＯＫ啊。這些人數的餐點就交給我吧——還有其他什麼要準備的嗎？」

「呃……可以給六個人玩的桌遊，還有零食跟——」

「紗霧。妳寫張清單，我來去買吧。」

「嗯，寫好就給妳。」

事情迅速決定下來。

雖然我刻意不去吐嘈。

但是明明沒有叫妖精來，似乎卻需要「可以給六個人玩的桌遊」而不是五個人的。

「……哥哥，怎麼了？」

「沒事……」

紗霧並不只是「想在如同教育旅行夜晚般的狀況下跟朋友聊戀愛故事」而已。

「想在新鮮的狀況下，觀察可愛的女孩子們」。

其中也包含情色漫畫老師的這種企圖吧。

即使如此。

沒想到紗霧也變得如此積極主動了。

跟真的還是個家裡蹲的時期比起來，已經進步許多——實在讓人感慨良多。

「沒事啦。其他還有什麼需要的嗎？」

「那個啊——」

紗霧往微醉的京香姑姑瞄一眼後，笑嘻嘻地說：

「還需要給小京香喝的酒。」

「……高中生沒辦法買啦。」

就在這樣的感覺下——

決定要在和泉家舉辦過夜留宿。

雖然是後來才注意到……但紗霧那講到一半就停下來的戀愛故事……

我沒辦法聽到最後了。

隔天早上。去學校之前，我先到妖精家一趟。

——**我跟小妖精還在吵架，所以不叫她。**

現在紗霧跟妖精正在吵架——似乎是這樣。

當然，雖然我不認為她們兩人的感情會這樣決定性地惡化下去……

——畢竟紗霧她相當生氣嘛……

說不定，會有好幾天無法修復關係。

這麼一來，妖精就沒辦法來紗霧主辦的過夜留宿。

這樣實在不太好。

跟朋友處於吵架的狀態下，難得舉辦的活動也無法好好樂在其中。

「好……我得來想想辦法。」

按下電鈴後，馬上就聽見妖精的聲音。

她用嚴肅的語氣……

『汝等，示出證明。』

「沉默吧，願聖光降臨。」

『……進入吧，聖域已經開啟。』

彷彿有不可思議的力量運作著，宅邸的大門微微開啟。

當然這也不是什麼魔法，而是妖精本人用人力打開的。

……看來……是那樣呢。照這種情況看來，似乎是不用太擔心。

我走進宅邸，對站在大門內側的妖精舉起手。

「嗨，早安。」

「本小姐就知道你肯定會過來～」

「啊，是喔。雖然妳大概都預料到了，但我還是講一下要找妳幹嘛。昨天妳跟紗霧兩人獨處時發生什麼事情，我是來了解一下的。」

「嗯，本小姐知道——你要進來嗎？」

「不，我得去學校。」

「這樣啊，那就在這邊簡短說明吧。」

跟妖精的對話，總是可以快速進行下去。

想必是因為她都有仔細思考後才開口吧。

「看妳還有精神玩慣例的鬧劇，那代表吵架的狀況應該沒有那麼嚴重吧？」

「也不是那樣喔，紗霧是真的大發雷霆——聽好了，征宗。用反過來的立場想想看，你交情最好的好友——假設是叫山田妖精小弟♂好了——如果目擊到他偷鑽進紗霧的床上，你會怎麼辦？」

「宰了他。」

「……紗霧就是這樣的感覺啊。」

「真虧妳能活著回來。」

剛才我雖然馬上回答……但那可不是用半開玩笑的心態來講的。

不管在腦袋裡模擬多少次，跑進紗霧床裡的偷吃男都會被我宰掉。

即使是交往十年的親朋好友也一樣。

妖精用了什麼方法逃過紗霧的凶刃，真讓我感到不可思議。

「這點真的就希望你不要問太多……只能說，本小姐是被迫看到『徹底怒火衝天同時又愉快地畫著圖』——這種極度稀有的紗霧。」

妖精或許是回想起當時的狀況，她的臉色變得蒼白。

「…………」

在那之後發生什麼樣的交談……大概可以想像得到。

「所以……呃……紗霧說她跟妳『還在吵架中』……」

「雖然付出巨大的犧牲……但還沒有辦法完全和好。嗯……不過，說得也是……希望可以藉由過夜留宿這個機會，確實地和好如初——本小姐是這麼想。」

「嗯嗯？」

這傢伙現在是不是講了奇怪的事情。

「？征宗，怎麼了嗎？」

「妳、妳是從哪邊……知道過夜留宿的事情……？」

「噢，是剛才紗霧來聯絡本小姐的啊。」

「沒想到是本人喔！」

「呵呵，照你這反應看來……想必是那孩子講了『我跟小妖精還在吵架，所以不叫她』這類的話是嗎？」

妳還真清楚！完全正確！

面對愕然的我，妖精抿嘴一笑。

「覺得不可思議？」

「很不可思議啊。雖然說，昨晚的紗霧似乎是有想要找妳參加就是……」

聽到「剛才的例子」後，紗霧不可能輕易原諒妖精。

這到底是……？

對於抱頭苦惱的我，妖精仔細地回答：

「征宗，那是因為啊……」

「即使在你沒看見的地方，本小姐還是有跟紗霧見面與聊天——就是這樣。」

妖精講出來的，是非常理所當然的事情。

「本小姐所不知道的紗霧，你相當地熟知。可是，本小姐也熟知你所不知道的紗霧喔。」

她自豪地說著。

「本小姐想必比你所想的還要更喜歡紗霧。然後……紗霧也是比你所想的更喜歡本小姐。因此跟你的擔心無關，就變成像這種感覺的狀況。」

「…………」

我不得不暫時陷入沉思。

她明明應該是對我說了些很理所當然的事情，但我卻驚訝於自己會如此驚訝。

我想起那次的校慶。

窺探到村征學姊的學校生活，看見她跟同班同學那溫暖的交流。

就徹底明白自己先入為主的觀念根本靠不住。

「……這樣啊，說得也是……」

紗霧跟妖精，一定也是這樣吧。

少許的寂寥跟強烈的喜悅湧上心頭。

「紗霧是本小姐玩遊戲的夥伴……也是不上學的夥伴…………最重要的——」

正當妖精好像要講出什麼重大的事情時……

「哈啾！」

就被她一個大噴嚏給打斷。

「感冒嗎？」

「嗚嗚……本小姐竟然會這樣……是太長時間全裸的關係嗎？」

這次是別的理由，為妖精參加過夜留宿投下不確定因素。

幾天後——

「和泉家過夜留宿」的夜晚到來。

參加的人是紗霧，其他還有村征學姊、惠、愛爾咪。

然後是京香姑姑。

妖精看來果然是感冒了，她聯絡說今天沒辦法過來。

本人說「雖然已經退燒了，但是不想傳染給大家」。

告訴紗霧時，雖然她依舊逞強但還是難掩遺憾的神色。

然後——在今天早上，她打電話給妖精，兩人好像聊了許多。

至於她們兩人講了些什麼，我沒有詳細去詢問。

「哥哥，你還沒有護照嗎？」

「是啊，沒去辦。」

「哼嗯～這樣啊。」

「什麼啊？」

「是從小妖精那邊聽來的。」

今晚的「過夜留宿」變成無法參加之後，妖精跟紗霧兩人似乎在計畫全新的「有趣事情」。

她們平安和好如初——或許該說打從一開始就不需要擔心，是這種感覺吧。

那麼，回到「過夜留宿」的話題上。

剛才說明的五名加上我，這些成員們都坐在客廳的沙發上。

之後為了醞釀出道地的「像是教育旅行夜晚的氣氛」，我打算要離開這個房間。

「正宗……雖然事到如今才這麼問，但我真的也要參加這個『過夜留宿』嗎……？」

京香姑姑這麼說。

「真的是事到如今呢。」

我這麼安撫後，紗霧也跟著我說：

「對呀對呀，這明明是小京香自己講的……」

「嗚……可是，那個時候的我，稍微有點醉了……吧。」

「都到這種地步了，還真是不乾脆。」

「可、可是……國中女生的聚會裡，我這個成年人卻要混進去參加……」

所以我就說了嘛。

京香姑姑依舊是那恐怖的表情，但臉頰泛起紅暈。

看到她這個樣子，紗霧毫不留情地說：

「妳在兩三年前也還是國中女生吧？」

「請、請不要又提起我那個失言！」

「雖然是社會人士，但卻是年紀比哥哥還小的姑姑對吧？」

「我沒有講過那種話！」

「有講。」

「沒有講過！」

「絕對有講。」

「唔……絕對沒有講過，我完全沒有那種記憶！」

京香姑姑這下真的就像相同年紀般跟紗霧開始爭論，此時愛爾咪拍拍她的肩膀。

「喂喂，阿姨。阿姨啊。」

「…………不要用那稱呼叫我。」

「不是啦，妳是紗霧他們的姑姑才會這樣叫，沒別的意思……OK，知道啦。『大姊』。」

被可以殺死人的視線瞪視，愛爾咪立刻就屈服了。

「大姊啊。妳的主張，老子我也很能體會喔。要參加這種國中女生的聚會，老子我的年紀也

有點過頭了呢。」

「……這麼說起來，妳是亞美莉亞小姐……沒錯吧。妳看起來不像是國中生呢。雖然這麼說，但是也不像成年人……」

對對對，這傢伙的年齡是個謎團呢。以前問她的時候，記得好像被矇混過去。按照我的預測，是認為她應該跟我差不多年紀吧。

「哎呀，就算是同性也不該詢問少女的年齡喔。」

愛爾咪這次也把年齡矇混掉，然後把３５０ｃｃ的鋁罐遞給京香姑姑。

「在『過夜留宿』正式開始前，來喝一杯壯壯膽如何？」

「我收下了。」

京香姑姑很意外地接下那罐飲料，毫無抗拒地一口氣喝光。

「呼。」

她喘口氣，臉色幾乎沒有改變。

仔細看的話，臉頰似乎稍微有點變紅……就只是這種程度。可是……

「好啦，『過夜留宿』的主題——戀愛故事也差不多該開始了吧。」

才喝完一罐，京香姑姑就很起勁地想進行這場暢談女孩話題的活動。

這個含稅１５２圓的酒精飲料，擁有讓精神變回國中生的作用嗎……真不可思議。這麼說起來，以前也發生過有好幾次當京香姑姑工作回來後都很奇妙地會對我們撒嬌。難道說那時候也是……

想必連勸酒的愛爾咪，也沒有想到會有如此劇烈的效果吧。

雖然她似乎稍微感到有些驚愕……

「了解，大姊。」

但還是想重振精神般露出笑容。

包括我在內的所有人把桌子移到房間外，並將棉被平均地鋪齊。

枕頭全部擺在內側，這樣教育旅行的夜晚風格就完成了。

另外棉被是原本家裡頭就有的。幸好數量足夠分給所有人，能省掉要特地去準備的麻煩真是幫了大忙。

這時紗霧像在催促般提案說：

「嗚嗚～好想趕快聊戀愛故事。大家快照順序去洗澡。」

「喔，小紗霧要一起洗嗎？」

惠一派輕鬆地邀請，但紗霧搖搖頭。

「……現在還沒辦法。」

「這樣啊～那就等下次吧。」

惠看起來並不在意，輕鬆接下這段拒絕的話語。

「嗯，下次吧。等洗好澡後大家就來用睡衣一決勝負，當作戀愛故事的前菜。」

「紗霧……用睡衣一決勝負是什麼意思？我有非常不好的預感。」

村征學姊似乎覺得這句話不能視若無睹，於是插話進來。紗霧回答說：

「就是觀賞大家穿睡衣的模樣並由我來打分數，是種很有趣的活動。」

原來妳是裁判喔。

「在這裡頭，我已經有看過小村征跟小京香穿睡衣的模樣。所以很期待小惠跟愛爾咪穿上睡衣的裝扮。」

這傢伙有隻手擺出畫圖的動作……

恐怕……紗霧舉行這場「過夜留宿」的動機，有一部分是想把美少女穿睡衣的模樣當成資料來蒐集吧。

這個妹妹還是一樣忠實於欲望。

「就知道紗霧一定會這麼說，所以老子我帶了超可愛的睡衣過來喔！」

「我也是我也是～♪一起穿給大家看吧～♪」

看來愛爾咪跟惠都看穿了紗霧的想法。另一方面，村征學姊&京香姑姑似乎是預料之外。兩人都變得慌張失措跟鬼鬼祟祟的。

「為、為什麼這種事情妳都不先說……我只帶了平常穿的小魚睡衣過來而已耶。」

「我也覺得這樣很失策。有先講清楚的話，就可以充分享受小村征認真挑選的睡衣模樣了……」

「紗霧……既然如此……我是不是也該把好幾年前買了，但結果一次也沒穿的決勝睡衣從衣櫃的最底層撈出來呢？」

「不錯耶！」

早上起來，當京香姑姑發現自己穿著決勝睡衣時，到底會露出什麼表情呢……這個是不是該阻止一下比較好？

逐漸接近就寢時間，女孩子們暢談得越來越起勁，這對男孩子來說也開始變得痛苦。

看來也差不多是我該撤退的時候。

「那這樣，我先走啦……大家好好享受睡衣派對吧。如果有什麼事情再叫我。」

「啊……征宗學弟，你等一下。」

把我叫住的人，是村征學姊。

——這讓我嚇了一跳。

在那場校慶以來，今天是第一次和她見到面。

「那個……就是說……」

村征學姊低著頭，害羞地用手指抓抓脖子。

不久後她抬起頭，用凜然的聲音說：

「今後也請多多指教。」

「——我也是。」

我帶著肩頭放下重擔的心情走出客廳。

關上房門後，房間裡立刻變得喧鬧。

我沒有仔細傾聽，直接回到自己房間。

＊

正宗離開客廳以後，包含我和泉紗霧在內的女孩子們，立刻一起殺到小村征面前。最先混著怒氣大喊的人，當然就是我。

「小村征！妳等一下，剛才那是什麼！」

結果小村征用充滿優越感的眼神裝傻。

「呵……妳是指什麼呢？」

「哇啊，好故意喲～！就是妳跟哥哥那充滿深遠意義的交談啊！」

小惠進行追究後，小京香跟姊姊——這樣不太好懂，還是跟平常一樣叫愛爾咪吧——她們也跟著各自做出回應。

「雖然聽起來超像是已經跟征宗開始交往的談話……但不可能是那樣吧？說起來你們最近的戀愛狀況，老子我完全沒有去了解耶，可以順便講解一下嗎？接下來要聊戀愛故事的話，會需要些作為前提的知識吧。」

「我也務必想要知道詳細呢。根據回答內容，我就必須去對正宗說教一下才行。不是用監護人身分，而是以年紀相近的姊姊這種身分。」

「我說，大姊啊……不習慣參加飲酒會的人，喝了酒以後精神年齡就會變得跟幼稚園兒童差不多耶。」

「妳在講什麼啊？」

「……跟大姊沒什麼關係啦。」

愛爾咪在這裡中斷跟小京香的對話，往小村征那邊靠過去。

「——所以，村征老師。妳跟征宗之間發生什麼了呢？」

「既然都這麼問了，那就告訴妳吧。漫畫家老師。」

這兩人第一次見面是在《世界妹》要漫畫化的時候。

記得小村征好像是在最喜歡的原作要跨媒體製作時，闖進討論會議裡頭。她在那邊跟負責漫畫化的愛爾咪產生爭論——

最終來說，她非常滿意漫畫的品質，兩人也互相認同對方。

擁有巨大才能的人之間，或許有什麼能夠互相通曉的部分。

「前陣子，我的母校舉辦校慶。於是便招待征宗學弟去那裡。」

「哎喲～小村征也真是的。不要若無其事地講成像是『你們兩人在校慶裡獨處約會』一樣好嗎？我們也有一起被妳找去呀～」

小惠裝作開玩笑般生氣著。村征也老實說聲「抱歉」。

「嗯，是那樣子呢。」

「啊，就是老子我太忙沒辦法去的那次啊。」

「對呀對呀，就是我說看到愛爾咪的畫被裝飾在校園裡，然後傳給妳看的那次。」

我這麼說著。接下來，大家暫時熱烈討論起關於校慶的回憶。

「啊啊……那個時候，真的非常愉快。下次大家再一起玩吧。這次也請上次有事無法前來的人也一起同行。」

「……總覺得妳給人的印象有些改變呢，村征老師。」

「是那樣嗎？呵呵，想必是戀愛讓我獲得成長。」

小村征在胸前雙掌合十，顯得陶醉其中。

愛爾咪發出苦笑。

「妳被稱為天才小說家，但遇到戀愛時對於詞句的選擇就變得很廉價呢。成長啊……照妳這說法，是戀愛方面有所進展嗎？」

「是啊，我在後夜祭上向征宗學弟告白了。」

「喔喔。」

愛爾咪瞪大雙眼，臉頰也稍微泛起紅暈。她講日語時雖然會用男孩子耍痞般的方式來講話，但是面對戀愛時卻意外地純真。

小惠跟我都知道小村征告白的事情，所以並不感到驚訝。

所以，即使小村征跟正宗的感情好像很好，還是講得他們就像在交往一樣，也都完全沒問題。

「……唔……」

……………………人家才沒有……感到動搖。

另一方面，小京香發出「呀啊！」這種像是追星族的反應，對小村征的告白情節抱持很大的興趣。雖然剛才愛爾咪也講過，但這就像對戀愛抱持憧憬的幼女會產生的可愛反應。而這樣的小京香雙眼炯炯有神地問：

「正宗是怎麼回應的？」

「他說最喜歡我了。」

「咦咦咦！」」

包括我在內的所有人都放聲大喊。

「但是『還有更喜歡的人』，讓我被他拒絕。」

「不、不要用那麼容易讓人搞混的講法啦！」

實在嚇死我了——愛爾咪這麼說，氣喘吁吁地把手抵在胸前。

真、真的是喔……我、我是很相信正宗啦！

雖然半點都沒有被嚇到……但、但真的是喔……！

小村征說聲「因為這樣……」後，毫不愧疚地繼續講：

「我的戀愛又有了新的進展。」

「哪裡有啊。」

愛爾咪瞇起雙眼，小村征則一副自豪的樣子。

「征宗學弟他……可是對我說了『最喜歡』喔。這如果不叫進展，那該叫什麼。當天我也受到很大的打擊……但是仔細想想，根本沒必要沮喪。因為他確實是比以前還要更喜歡我。」

「妳還真是毫不動搖耶！到了這種地步反而讓人感到尊敬啊！」

這對我而言雖然是荒謬無比的歪理，但是愛爾咪似乎感到佩服。

「不，我說真的。真想好好學習妳那種樂觀的想法。」

呼……然後她哀傷地嘆口氣。

小惠看到她這像是少女般的動作，眼神為之一亮。

沉浸於戀愛之中的女孩子們，看到可以當成戀愛故事的美味題材，開始變得迫不及待。

接下來——

我們按照順序入浴後，再回到客廳來。

……很遺憾地，我那「跟大家一起洗澡」的崇高夢想無法實現。

不過剛洗好澡的女孩子們，真是充滿誘人的魅力。

……真希望總有一天可以跟大家一起去泡大型的溫泉。

我這麼想著。

「京香姊姊，妳穿的這件睡衣好猛喔！」

「呵呵，這是好幾年前在店員推薦下購買的決勝睡衣。結果一次也沒有穿過，但今晚是拿出來公開的好機會。」

「不，那個可以稱為睡衣嗎……？」

「既然是睡覺時穿的，那不就是睡衣嗎？」

對於小京香的決勝睡衣，愛爾咪跟小惠開始展開議論。

雖然我刻意沒有詳細描寫出來，但只能說這已經成為超棒的作畫資料！

「我覺得亞美莉亞小姐跟神野小姐的睡衣，也都很可愛漂亮喔。」

「那真是多謝啦。」

「非常感謝妳的誇獎♪」

「…………老實說，我一直對自己這件孩子氣的睡衣覺得很丟臉，但是看到妳的睡衣後這種想法就全部被吹跑了。」

女孩子們各自把頭髮吹乾，或者是互相展示自己的睡衣，度過一段有說有笑的時間。接著大家躺臥下來，「教育旅行夜晚」的風格就完成了。

接下來到睡覺為止，只屬於女孩子的戀愛故事都可以暢所欲言。

我們分成三人一邊跟兩人一邊，面對面趴下來。我在三人這邊的正中央。

我的右側是小京香，左側是小村征。小京香的對面是愛爾咪。

小村征的對面則是小惠，大概是這樣的配置。

小京香不知道是不是稍微酒醒了，她逐漸變得沉默寡言。

應該差不多快要清醒過來，說不定還會跑去把決勝睡衣換下來。

只有這點，無論如何都得阻止……難得這麼煽情可愛的說……

小村征跟平常一樣，沉浸在撰寫小說之中。

「雖然洗澡前被小村征先偷跑……現在我們重新來過。」

我這麼嚴肅地開口說：

「來，現在是戀愛故事的時間了。」

「這樣……要從誰開始講起呢？」

小京香環視一下，這時小惠微微舉起手來。

「我要，我先講～♪去洗澡之前講的那些裡頭，有件事讓我非常在意喔～～～～」

「愛爾咪喜歡的人是誰呢？」

溫存至今的戀愛故事，在萬全的時間開封。

被小惠丟出這個話題，讓愛爾咪產生強烈的動搖。

「啥、啥啊？第一棒由老子我上場嗎？」

「那當然♪戀愛少女的嘆息，快要讓我的好奇心漲裂了呢！」

也許是想表現自己的心情，小惠開始在棉被裡頭伏地挺身。

「老子我喜歡的人啊……真是的，拿妳沒辦法呢。」

愛爾咪就這樣趴著聳聳肩。

「要講出來是可以，但還是賣點關子會比較好吧——妳覺得是誰呢？老子我喜歡的人。」

「嗯～拜託來點提示吧。然後啊，這是在戀愛的意義上真正喜歡的人對吧？」

「那是當然的吧？這意思就是喜歡到想要結婚一起白頭偕老的對象。」

「嗯嗯……那位是……我認識的人嗎？」

「那也是當然啦。不然的話，這種猜別人喜歡誰的遊戲就太無聊了吧？」

「對啊對啊！愛爾咪真的很懂呢！那我馬上來猜猜看——就直接講了，是和泉正宗哥哥！對不對！」

「哼嗯——順便問一下，為什麼妳這麼想？」

「咦，因為也沒什麼選項呀。對方是愛爾咪跟我共同都認識的人嘛？」
奇怪了？小惠妳剛才是不是講了什麼失禮的話？
愛爾咪說聲「嗯～征宗啊～」後，很愉快地隱藏真心話。
「征宗的話，我很喜歡喔。他是個好傢伙，性格也合得來。有寫出老子我喜歡的輕小說，共通話題也多。看來也願意處理家事，就算我全心專注於工作裡感覺也能諒解。講真的，如果要結婚的話這算是接近最棒的條件吧。」
嗯嗯……不愧是愛爾咪。正宗的優點，她還滿清楚的嘛。
不過——應該不只如此吧？
正宗他優秀的地方，還有很多很多很多很～～～～～～～多！還有很多才對！
不過跟我的預測相反，愛爾咪的口中沒有繼續講出稱讚正宗的話來。
——嗯嗯？難道說她只能想到這些？
我用想講出「啥啊？」的心情看著這段交談時，小惠很意外地說：
「哦？愛爾咪對哥哥的評價超高的耶！猜中了嗎？難道說我猜對了嗎？」
「但是猜錯了。」
「我想也是啦♪」
「小惠，妳這種『果然沒錯』的態度是怎樣？跟我這個未婚妻說明一下啊？」
「嗚哇，小紗霧真的生氣啦。不，不是那樣啦……哥哥是個很好的人，老實說我也喜歡到跟他交往也沒問題的程度。但是他有小紗霧這種命中註定的對象，即使我自己內心萌發戀情，也沒辦法培育下去……比起哥哥，我更喜歡的是小紗霧嘛。」

「這樣啊……嘿嘿……我也……很喜歡小惠──小村征妳聽見了嗎？剛才這個充滿思慮與愛情的優秀意見。」

「我才不管。比起紗霧，我更喜歡征宗學弟。」

「真是的！小村征在戀愛上永遠是敵人！我討厭妳！」

「正如我所願。只不過，我是把妳當成好朋友喔。」

認真講出羞恥的台詞後，小村征又回到執筆作業。

我灌注了親愛與怒氣……

「呸～」

對她做個鬼臉。

小村征從校慶以後，就是像這樣的感覺。應該說……不只是對哥哥，也會認真看著我，和我對話了。

講話超直接這點是從以前就這樣了……但是該說她變得更孩子氣，還是說變得更不拘謹呢？

我不太會形容……但覺得她變得更柔和，更有魅力。

總覺得……同樣身為女孩子，真有點不甘心。

「哎呀！大家不要插嘴進來嘛！愛爾咪最重要的戀愛故事才講到一半而已！」

「……就算這樣結束話題，我也沒關係喔。」

「我可不允許那種事發生！好的！既然我猜錯了，那請公布答案！」

「老子我喜歡的人——」

「是艾蜜莉。」

愛爾咪很清楚明白地講出來。

用戀愛少女的表情。

這件事對我來說雖然是早已明白的事情，對於小惠而言似乎就並非如此。即使目擊到愛爾咪對小妖精的追求，說不定也會以為只是開玩笑或是假裝的而已。

愛爾咪喜歡的人——小惠因為聽了這個答案，而不斷眨眼。

「呃……艾蜜莉是指小妖精……對嗎？」

「是啊。」

「小妖精是女孩子吧？愛爾咪應該也是女孩子對吧？」

「是啊。如果懷疑的話，要不要確認看看？」

嘻嘻，愛爾咪像在惡作劇般笑著。小惠雖然暫時目瞪口呆。

「…………咦？真的嗎？對愛爾咪而言，小妖精……就是在戀愛這種意思上，真正喜歡的人

嗎？」

「對於亞美莉亞．愛爾梅麗亞而言，艾蜜莉是在戀愛這層意義上真正喜歡的人。也是深愛到想要跟她結婚，白頭偕老一輩子的對象。」

「嗚……抱歉。是我誤會了。」

「沒關係啦，妳能接受嗎？」

「嗯，我能接受。」

「那就好。」

「咦，可是！是這樣啊！愛爾咪妳是喜歡女孩子的嗎？」

「與其說喜歡女孩子，應該說是喜歡艾蜜莉吧。跟性別無關。就算她是男孩子，我想自己還是會喜歡上她——說起來，妳還真猛。我公開這件事後還會貼上來問的，妳是第一個耶。」

我懂，小惠就是會這樣子。

明明毫不客氣地闖進來，不知為何卻不會感到厭惡——不會想去厭惡。

我覺得這真的有點狡猾。

「這樣子的話，愛爾咪不管男孩子還是女孩子都會喜歡上嗎？還是說只有小妖精是例外？」

「只有艾蜜莉是特別喜歡。不過，不管男性還是女性我都能當成戀愛對象看待……是這種感覺吧。」

「喔喔～～～！順便問一下，這裡的成員之中，說真的誰符合妳的喜好～？」

小惠探出身體熱衷地詢問著，愛爾咪對她發出苦笑。

「……這裡頭啊？我想想……」

愛爾咪指向小惠。

「應該是妳吧。」

「咦？我、我我、我嗎！」

「嗯。除了艾蜜莉以外，妳是我喜歡的類型。」

「是、是這樣啊……」

小惠變得滿臉通紅。

「……那個……就是……謝謝。」

雖然現在講也太晚了，但小惠她很可愛。想必有被男孩子告白過好幾次吧。

只不過，被女孩子說「喜歡」說不定還是第一次。

這個突如其來的告白，看來成為了致命一擊。

「啊哇哇！小、小紗霧，怎麼辦！是我變得很奇怪嗎！明明對方是女孩子，可是我卻會臉紅心跳耶！」

「原來小惠也是喜歡女孩子的嗎？」

「不、不可能是那樣的！應該！是吧！啊嗚嗚……真是糟糕！我已經混亂了啦！另、另外，亞美莉亞小姐？那個……不知道妳喜歡我什麼地方呢？」

第二章

由於太過緊張，連稱呼都變了。

愛爾咪「嗯～」地思索一下後……

「吵吵鬧鬧的部分吧。還有，就是在一起會很開心的部分。乍看之下好像很笨，可是卻很有自己的想法，偶爾還會讓人嚇一跳的部分。」

「這些不就是我跟小妖精很相像的地方嗎！」

「是沒錯啊。」

「真是的，妳到底是有多喜歡她啊！愛的告白之後接著就誇讚喜歡的人，這對少女來說不是很失禮嗎！」

「喔，妳會感到嫉妒嗎？」

「才～不～是那樣子的啦！」

小惠像松鼠般鼓起臉頰。

唔……這段對話是怎麼回事？

是在開玩笑嗎？還是講得像在開玩笑，卻也有點認真呢？

真是段讓人搞不太懂的對話。

光是聽著就讓人捏一把冷汗又臉紅心跳。

對喔，原來如此……這就是戀愛故事的醍醐味。之後得要告訴哥哥才行。

「機、機會難得，所以讓我問一下……」

小惠更加直言不諱地深入詢問愛爾咪。

「愛爾咪，如果小妖精有了喜歡的人……妳會怎麼辦呢？」

「嗯……問我怎麼辦啊？那當然……很普通啦。會嫉妒，會懊悔，會生氣也會哭泣。會去捉弄對方那個男的，也會去測試跟刁難他。絕對不會祝福他們。」

那樣子，算很普通嗎？

「然後呢？那個……例如說……對方是個很好的人，當妳非得承認他會給小妖精帶來幸福……而他們兩人……決定要結婚的話呢？」

「雖然不到那種時候也不會知道……但是最終來說……我也只能給予祝福了吧。當然我也想靠自己為她帶來幸福，那樣子是最好的……但如果有更適合的對象，那也沒辦法啦。身為親朋好友，只能在一旁守護了。」

「……是嗎，真哀傷呢。」

「嗯～哈哈，這很難說耶？我自己倒是沒有那麼悲觀。」

「咦？是因為……都是同性的關係？」

「我也不太會說明……但這說不定也有一點關係？妳想想嘛，如果艾蜜莉的對象是個好男人，那還有請他讓我摻一腳這招可以用啊。」

「呼哇！等等——妳、妳在說什麼啊！」

彷彿爆炸般，小惠的臉龐立刻變得火紅。

第二章

看到這模樣，讓愛爾咪「咯咯咯」地笑出來。

我跟小村征迅速探出身體熱衷地看著。

小京香輕咳一聲，把話題從這種色色的交談中岔開。

「說到山田妖精小姐……今天是沒辦法過來嗎？畢竟是紗霧的話，嘴巴上說在吵架但結果還是有找她吧？」

嗚嗚，被看透了……

我裝傻地把頭別過去，這時愛爾咪代替我回答：

「艾蜜莉那傢伙因為感冒而臥病在床啦，今天也為了慎重起見而在家休息。」

「啊……她都會馬上就脫光光嘛，是著涼了嗎？」

小惠這麼說。

沒錯沒錯，所以是她自作自受……就算小妖精沒來，人家也不會覺得寂寞啦。

「我想她現在正因為被當成局外人，會在那邊咬牙切齒地感到悔恨喔。」

嘻嘻，愛爾咪臉上露出壞心的笑容。

「好，大家拿起智慧型手機！拍張合照傳給艾蜜莉看吧！就寫說『大家正愉快聊著戀愛故事喲♡』這樣子！」

「愛爾咪妳是會欺負喜歡的人那種類型的吧～～！」

「艾蜜莉的『哭臉』跟『悔恨的表情』是最可愛的嘛！」

「討厭啦～妳們交往的話會很辛苦喔～」

正當小惠笑著要中斷話題時，愛爾咪突然開口說：

「——話說惠啊，如果我認真向妳告白的話，妳願意跟我交往嗎？」

「咦？啊～～我……那個……」

「小惠，妳是不是有點動搖？」

「小、小紗霧！才沒有那回事啦～～～！」

小惠猛烈揮舞雙手來否定。

這沒問題吧……？

愛爾咪現在大概是以捉弄小惠為樂。

當我在擔心時，愛爾咪不出所料地講出這樣的話：

「真遺憾，我被甩掉了。所以？惠有喜歡的人嗎？」

「呼耶？」

「既然都聽了別人的戀愛故事，應該不會說沒辦法講自己的戀愛故事吧？」

「嗚咕……」

很好，再多講點。

小惠總是一直在幫忙別人商量事情。

我覺得趁這種機會講講自己的事情也不錯。

而且……感覺很有趣。

我沒有阻止愛爾咪的攻勢，只是默默地看著。

於是——

「好吧！——各位！來聽我的戀愛故事吧！」

小惠的動搖已經停止，恢復成平常那種游刃有餘的態度。

畢竟她處世精明，想必一定會事先想好話題的內容吧。

不過，絕對只是不會讓氣氛冷掉這種程度的內容吧……

畢竟是小惠。

唔嗯，真想設法再讓她產生動搖。我想聽聽小惠認真講的戀愛故事。

愛爾咪加油。

「鏘鏘，神野惠的『我想談這樣的戀愛』！」

小惠高聲喊出這個單元的名稱。

看吧！她果然不打算講出「喜歡的人」。

「我啊，喜歡年長然後又是草食系的男性喔♡」

「真是意外的喜好。」

小村征把臉從執筆中的筆記本抬起來，並這麼說著。

我有同感。我也覺得小惠應該會喜歡裝扮更誇張像是不良少年那種……嗯，例如說……

感覺會喜歡像草薙龍輝老師那樣子的人吧。

「妳喜歡草食系男性嗎？」

「嗯！」

「不是狂野強勢的那型？」

「……嗯……如果要交往的話……感覺很恐怖。」

啊，這很像真心話！說得也是喔！小惠她意外地就是這種感覺！

「那個呀……身高不要太高的比較好……也不要染頭髮……更不是運動員類型的……好想跟成熟又沉穩的人，談場溫柔的戀愛喔。」

也許是講得起勁，小惠沉醉地述說她夢想中的「理想男性」。

「真想甜蜜地捉弄那些對女孩子沒～～什麼免疫力的年長男性。然後啊，也好想長久持續那種不即不離，朋友以上但還不是戀人這種令人著急的關係。更想讓他感到嫉妒。」

「也就是說…………妳想要擅長捉弄人？」

「就是那個！」

小惠猛力用手指著我的臉。

「我超喜歡那部漫畫的男孩子！總覺得超可愛！我也好想擅長捉弄人！然後想要再稍微有些色色的感覺！可以的話不要是同學，最好是年長的人！像是老師之類的！」

要求還真多。

小京香像要安撫她般開口說：

「雖然大概可以體會妳的心情……但在現實中，這是很困難的條件呢。」

老師會被逮捕的。

「喂喂，惠啊。逃跑到漫畫話題去也太狡猾了吧。從現實中的男性裡，舉例個妳喜歡的傢伙啦。」

愛爾咪，說得好。不可以讓小惠有機會逃跑。

「咦咦～？……這樣子很害羞耶…………可以不要講嗎？」

「「不行。」」

所有人的聲音重疊在一起，連小京香都一起講。

「嗯……唔……我、我明白了。」

咕嘟，小惠嚥下口水。

「……如果是大家認識的男孩子……」

她把眼神從大家身上移開，用細微的聲音說——

「是國光……吧。」

「「喔喔～～～～～」」

這種發言最好！就是要這種的！

我們逐漸進入今晚最熱烈的氣氛中。

「的確沒錯，他說不定很接近小惠說的喜好類型。不過還是要好好問一下，是喜歡哪些地方呢？」

當我這麼問，小惠很難得害羞地說：

「草食系看起來溫和又年長——但是最讓我深受感動的，就是他完全不把我當成戀愛對象看待。在這層意義上，哥哥也滿符合我的喜好類型就是。」

「嗯～這什麼意思？」

不把自己當成戀愛對象看待，會喜歡上對方嗎？

小惠指著自己的臉。

「妳看，我不是很可愛嗎？」

「這個嘛，嗯……是沒錯。」

雖然這不該由自己來講……但我的確是這麼認為。

「所以至今我有被男孩子告白過好幾次。由於男性朋友也很多，裡頭就也有滿年長的人喔。」

「妳有被年長的人告白過嗎？」

「那當然。不過，都沒有答應過就是。」

第二章

「哼嗯……小惠妳沒有交過男朋友啊？」

「啊！我是有男朋友的！男朋友當然曾經交過啊！那個，現在沒有就是！」

年齡＝單身資歷的女孩子，都會用「現在沒有男朋友」這種講法呢。

以前小惠雖然曾經傳過「大學生男朋友」的圖給我——

看來那果然是虛構的存在。

「咳咳！總、總之我真的是超受大家喜愛！正～因～為如此，對於『喜歡上我的男孩子』要怎麼相處，我還滿有心得的。像是保持讓雙方都不會產生不愉快的距離感，或者是讓他們從一開始就不會向我告白的方法。」

「把這些傳授給哥哥吧。」

「不可能。」

有夠冷淡。

「話題先回到國光這邊。那個人可是『沒有喜歡上我』又『溫和』而且是『草食系』的『年長』男性喔。是我周遭幾乎沒有的類型。」

小惠身為女孩子的自信心還真強大。

「這個不知道該怎麼相處才是正確答案，從未攻略又從未經歷過關係性？這～種～情況呀……會讓我覺得臉紅心跳喔～～♡」

嘿嘿～♪她害羞地把雙手抵在臉頰上。

「啊，難道說是這樣……小惠才……」

「嗯？小紗霧，怎麼了嗎？」

「像是校慶的時候……妳完全不去找獅童老師講話對吧？那是因為他是妳在意的人，所以就沒辦法去找他說話嗎？」

「啊吧吧吧吧吧……」

小惠變成壞掉的機器人了。

「應、應～該～不會是……那樣才對！大概吧！」

我已經懂了，這就是她沒有自信時的講話方式，

彷彿要對驚慌失措的小惠進行追擊般，愛爾咪開口說：

「獅童國光的新作，是**用甜點馴服幼女藉此打情罵俏的蘿莉輕小說**耶，惠妳是對這種也沒問題的類型嗎？」

「嗚喵！」

小惠發出像貓一樣的叫聲。

「對他來說，之所以沒把惠當成戀愛對象不是因為對年輕的女性沒興趣，反而是……」

「我、我覺得這種把所有撰寫蘿莉輕小說的作者都當成蘿莉控的講法實在不太好！」

「喔、喔喔……」

「大家都是把那個當成工作！為了讓國高中生樂在其中！為了忠實完成自己的職務！我想因

此也有刻意用年輕女孩子來當女主角的傾向！那是商務！是商務型蘿莉控！」
「呃，那本他寫得超開心的吧。」
「那、那是因為內容很有趣的關係！沒有像宣傳講得那麼情色，還有些柏拉圖精神？的感覺嘛……」
「總覺得妳還真厲害……還有仔細閱讀過啊。」
唔嗯……
很意外地，小惠說不定是只要開始交往就會為對方徹底奉獻的類型。
「嗯，看在惠的面子上我就幫國光講些好話吧。那部作品看起來也不是認真想在現實中跟年幼的女孩子交往，那類真的很糟糕的類型嘛。」
「對呀對呀，我也有讀過。那是想被幼女撒嬌這類型的輕小說。」
「那部靠著口碑賣得超好，還大量再版的樣子。這代表說，日本的宅宅裡到處都有跟國光有相同性癖好的傢伙。他的前途看來很安泰呢。」
「妳們兩個都沒有講到好話啊！應、應該說……這、這終究只是講認識的人裡頭的喜好程度吧？我也不是喜歡上國光了……而且還不到那種程度……只是想說像那樣的男孩子要是來當家庭教師，在我的房間裡進行單獨授課……逮到機會時，我可以……捉弄他一下的話……就感覺很棒……很開心……就、就只是這樣而已！不要問得太深入嘛～～～～～！」
小惠這麼說著。她的臉連同耳朵都變得火紅，最後終於決定投降。

我看著這種珍貴影象，在腦海裡畫出熱騰騰的素描。

「嗚嗚…………臉好燙喔……頭也好暈……」

小惠那難為情的戀愛故事結束後，本人也變得癱軟無力。

呵呵呵……太棒了！創作意願整個湧現出來——！

這樣子小村征、愛爾咪、小惠——這三個人的戀愛故事都結束了。

下一個當然是輪到這個人。

「讓妳久等了，小京香。」

「呼耶？」

「小京香的戀愛故事，來講講看吧？」

「我、我來講……嗎？不，聽大家講的內容就讓我十分滿足了……」

「這是妳的夢想吧？大家像這樣聊戀愛故事。所以……妳也可以講喔。」

我帶著徹底的善意，對她露出笑容。

「…………那、那個……就是說……」

小京香那恐怖的撲克臉，稍微變得僵硬。

這時候愛爾咪迅速地……

「大姊，要不要再來一杯啊？」

「我收下了。」

小京香從棉被裡爬出來，再次把遞出來的金屬罐喝乾。

唔嗯……為什麼她完全不拒絕喝酒呢……？

喝酒以後，自己會變得不像是平常的自己。

我覺得，那是很恐怖的事情。

所以，才覺得很不可思議。

看到小京香那「酒醒後感到很困擾」的模樣，喝酒實在不太好這件事，她應該也有自覺才對。

彷彿是要回答我這困惑的疑問……

「我喜歡的人，以前很愛喝酒——」

小京香低聲切入話題。

「他比我還要年長好幾歲，是個從我們相遇開始就比任何人都成熟，卻又很孩子氣的人。」

像是看往遠方的眼神帶有哀傷，顯得無比美麗。

「……當他在家裡喝酒，而我說『你要適可而止』來斥責時，他曾經突然對我這麼說過。」

——**噯，等那天妳成年以後，我們兩人一起喝酒吧。**

——**那其實是我的夢想。**

「像這樣成年以後，來到可以喝酒的年紀……其實，我不是很喜歡這種味道……看來很不適合喝酒呢。但是在這個地方被勸酒的話，我就無法拒絕。」

小京香跪坐著注視用雙手拿著的瓶罐。

然後她緩緩環視客廳。

想必這裡是小京香跟喜歡的人約好，但無法實現那個夢想的地方。

「要適可而止喔。」我這麼說著。

結果，小京香害羞地說「就這麼辦」並露出苦笑。

「等哪天當紗霧跟正宗成年以後，我們再一起喝酒吧。」

那其實是我的夢想。

她這麼低聲說著，於是我對我們的母親說——

「嗯，約好了。」

發誓絕對要讓這夢想實現。

「暫且先不討論這個，妳還沒講戀愛故事吧？」

「剛、剛才不是講了嗎？」

「溫馨往事不算。」

我無情地宣告後，大家也送來「沒錯沒錯！」的聲援。

「唔……我、我知道了。可是，其他該講些什麼才好……」

「那這樣，我想聽聽成年女性的戀愛觀或是建議。妳也才剛聽完我們的戀愛故事，這樣子剛剛好。」

開口這麼說的是愛爾咪。

明明是女孩子卻喜歡小妖精，喜歡到想跟她結婚——

對於進行這種特殊戀愛的愛爾咪，小京香先是「雖然這不是像我這樣的局外人，可以隨便一知半解地來談論的事情」這樣預告後，再這麼說：

「人類是社會型的動物。既然妳要談同性之間這種少數派的戀愛，應該會抱持著比其他人更強烈的辛苦與煩惱。這跟戀情是否成就無關，因為對於選擇『異於平常』生活方式的人，這個社會並沒有那麼溫柔。」

「那是當然的啦。這類問題不會只在於自己，甚至連對方跟周遭的人都可能被負面影響給波及。到底該怎麼辦才好？這種煩惱沒有人可以給予完全正確的答案。而且，這是老子我的戀愛。是只能靠自己思考，靠自己決定，靠自己想辦法解決，讓自己可以接受的事物吧。只不過我還是想刻意問看看——妳是怎麼想的呢？」

「我也沒有談過少數派的戀愛，所以沒辦法講出什麼高談闊論。」

總覺得好像聽到很裝模作樣的台詞。

「我認為妳們往相信自己可以獲得幸福的方向前進就好。除了對方的意見以外，都沒必要聽從。無視我說的話也沒關係。只是，我不會否定任何形式的戀愛。我已經這麼決定。我會對妳的戀愛給予聲援。」

「被這樣認真聲援，還真是開心呢。謝謝妳喔。」

「不客氣。妳能認真地談戀愛並為此煩惱，讓我感到很羨慕。」

「不要講得好像自己不會再談戀愛一樣嘛，未來可是很難講的。」

「事到如今，我已經無法湧現自己還去談戀愛的形象。雖然可能會被認為很不孝，但是給和泉家留下子孫的任務就交給正宗吧。」

「說到征宗啊——如果沒有紗霧在的話，征宗應該就會跟妳在一起了吧？」

「咳咳咳咳！」

小京香嗆到了。

「妳、妳妳妳！妳突然講這什麼蠢話！」

「是嗎？我覺得這種if還滿可能發生的耶？那傢伙自己也是用很特殊的方式在談戀愛嘛——家族裡離他最近，比任何人都更親身照顧他，還是個可以盡情撒嬌而且深愛著自己的美麗監護人姊姊，就算喜歡上也並不奇怪啊。」

「我、我從來沒有想過……會跟……正宗發生什麼狀況！畢竟年紀也相差很多……而且又有血緣關係……」

「剛才，妳自己才說過不會否定任何形式的戀愛吧。」

唰，小京香頭上發出被特大號迴力鏢打中的聲響。

「是、是有講過沒錯！但這跟那個是兩回事……而、而且！這絕對是不可能的事情啊！如果變成那種情況的話，我不就變成收養初戀情人的孩子來愛慕的糟糕女人了嗎！」

「大姊的初戀情人是征宗的老爸啊？」

「我最討厭哥哥了！請不要講那種奇怪的話！」

唰，小京香用雙手把金屬罐捏扁。這讓愛爾咪稍微退縮地說：

「妳也是用很麻煩的方式在鬧彆扭耶……」

「如果沒有我的話，是嗎……」

當我這麼低語，愛爾咪便有點掛慮地說：

「啊，抱歉。講了些無聊的話呢。」

「沒事的，不是那樣……我也試著想了一下。如果沒有我在的話，媽媽跟爸爸就不會再婚，哥哥跟小妖精也不會相遇……」

「說不定在這種情況下，征宗學弟就不會成為輕小說作家喔。因為紗霧是讓小時候的征宗學弟持續撰寫小說的強大動機。」

「……沒有我在的世界裡，小村征可能還是在做相同的事情吧。」

「是那樣就好了。」

「假如有我不存在的平行世界，在那邊搞不好就是小村征跟小京香在爭奪哥哥呢。」

「才不會去爭奪！而且……紗霧，這樣真的好嗎？」

「什麼好嗎？」

「討論自己的戀人，跟其他女性交往的話題這樣好嗎？我是這個意思。」

「嗯……」

我稍微笑一下並說：

「我喜歡的，是那個一直跟我住在一起的哥哥嘛。」

「我有同感。」

小紗霧也點點頭。

「沒有跟紗霧相遇的征宗學弟，跟我所愛的征宗學弟應該是不同的人。再怎麼說這都無法脫離妄想，差不多就到此為止吧。」

「我贊成。真是的……害我一下子就酒醒了呢。」

「那這樣，暫時進入休息時間來玩遊戲吧～～～♪」

戀愛故事沒有結束。

即使夜深了，女生聚會還要繼續下去——

＊

這時候——我和泉正宗工作到一半，正在稍事休息。

上完廁所來到走廊後，我把手舉到頭上，藉此伸展僵硬的肌肉。

「嘿……咻，再稍微努力一下吧。」

正當我打算直接回到房間時，聽到客廳有聲音傳出來。

「——呵呵呵，直接說了吧，我就是獵人！各位放心吧——潛藏在村莊裡的邪惡狼人，我絕對會親手狩獵！誓必保護大家的安全！所以……請絕對不能把我吊死！那麼一來必定可以獲得勝利！因為在這之中沒有比我更加強悍的人！」

「在妳突然公開發表的時候這樣講真是不好意思。可是村征老師，這可不是那種遊戲喔。」

「這個不需要真的進行戰鬥喲，這可是是遊戲喔。」

「什、什麼……？怎麼可能……那、那麼……照這樣下去我會……？」

「大概今晚就會死掉，讓村民陣營陷入危機。」

「各位聽我說，剛才的公開喊話是我在故弄玄虛。」

「太遲啦，笨蛋。」

好像是在玩什麼遊戲的樣子，有熱鬧的喧囂聲傳過來。

「紗霧那傢伙，看來玩得很開心呢。」

我露出滿意的笑容，轉頭背向客廳。

於是，背後傳來開門的聲響。然後，有個喊「征宗」的聲音毫不客氣地叫住我。

轉頭一看，在那邊的是愛爾咪。但是……

「……妳。」

我有一瞬間忘記要呼吸，僵在原地。

是誰叫住我，這明明就有正確預測到——可是我卻大吃一驚。她「噓」地把手指抵在嘴唇上，做出「小聲講話」的手勢。

接著她反手把門輕輕關上。

「喂，正宗。你幹嘛僵在那邊……啊。」

愛爾咪是在這個時候，察覺到我行為可疑的原因吧。

她害羞地雙手抱住自己的身體。

「你、你在看什麼啦……」

當我回過神，就目不轉睛地看著紅髮少女這身「跟平常不同的模樣」。

「沒有啦……只是覺得……意外地妳也會穿很可愛的睡衣呢。」

沒錯。

愛爾咪平常總是一身很中性的服裝與髮型。

但是，今晚的她相當與眾不同。

綁起來的捲髮輕柔地垂下，給人一種高貴的印象。

附有輕飄飄蕾絲邊的白色睡衣，讓她看起來像位公主。

幾乎已經變身成另外一個人。

「……哼、哼，這麼孩子氣還真不好意思喔。反正這不適合我嘛。」

雖然愛爾咪不滿地噘起嘴唇，但我搖搖頭說：

「我覺得超適合妳的，而且又很可愛。」

「是、是嗎？」

「平常都用男性口氣講話所以沒注意到……但愛爾咪把頭髮放下來的話，突然就會變成正統派美少女。哦……所以跟這件像是大小姐風格的睡衣才會如此合適，說不定可以給我當成創作角色的參考。」

「真是的，你這個遲鈍輕小說作家。如果這時候不要做那些分析的話，要我對你感到臉紅心跳也沒問題就是——」

她嘻嘻笑著。

「但這個樣子，可沒辦法跟老子我演出戀愛喜劇啊。」

「沒有要演出的預定啦。」

「真的嗎？如果這個世界改編成遊戲，你應該會在原作者全新撰寫的亞美莉亞路線裡跟老子我結婚吧？」

「才不會有妳的路線！」

「這很難說喔，你明明都看著愛爾咪的公主睡衣看得入迷啦～」

我們互相調侃，並歡笑著。

這種像是男性朋友的調調，感覺很舒暢。

「所以，找我有什麼事嗎？要找零食的話，廚房的櫃子裡放了很多。」

「哎呀，說得也是喔。那個啊，老子我有個有趣的提案想要告訴你。」

「？提案？」

「沒錯沒錯。我就直接問了，征宗——」

「你對紗霧的戀愛故事，有沒有興趣啊？」

「告訴我詳情。」

我會緊咬這個提案不放，也是理所當然的發展。

十分鐘後——………

「哈～囉，惠惠有個提案～♪既然由於村征老師的大活躍，使得村人全滅結束一場遊戲，那次不是該進入主餐時間了呢？」

「哼，惠……請妳不要把我講得好像是戰犯一樣。村子的敗因是在所有人身上。」

這時候愛爾咪採取多數表決。

「覺得村征老師是戰犯的人舉手！」

「「我～！」」

「唔嗚……已、已經結束的對決先暫且不提，惠……關於妳說的主餐時間，就說來聽聽看吧？」

「這麼露骨的轉移話題，我就趁勢配合妳吧！說到這場美少女睡衣派對的主餐——那當然就是小紗霧的戀愛故事啦♪」

「嗯……我嗎？」

紗霧愣了一下，用手指著自己的臉。

「就～是～啊，還剩下一個人沒有講戀愛故事嘛。」

惠戳了戳紗霧的鼻子。

「對喔……我也得講戀愛故事才行。嗚嗚……都忘掉了……呃……該怎麼辦才好呢。」

紗霧害羞地搔搔臉頰。

於是，惠幫羞澀的紗霧準備好容易開口的狀況。

「就普通地講些跟男朋友的恩愛趣事，或者是要抱怨也好，總～之～請講這類的吧。」

「可、可是……講那些事情……很煩人吧……」

「才不會煩人！因為這裡可是暢談戀愛故事的地方嘛。」

「就是啊，紗霧。我也想多聽些『交了女朋友的征宗學弟』的事情，妳盡量講這些就好。」

「明明才剛被甩掉而已，村征老師的精神力是怎麼回事啊？」

「私下方面由紗霧來支持就好，因為征宗學弟的文章＝靈魂要由我來支持。」

「聽了說明後就更不明白耶。」

「要講真心話的話，畢竟最後他還是會跟我結為連理，就算現在跟紗霧交往也不是什麼太嚴重的問題。」

「真讓人不爽……唔……既然要這麼說，那我就來講個會讓小村征大喊『別再說了』的超猛戀愛故事。」

「很好，小紗霧也提起勁了呢！就是要這樣！」

「稍微等一下喔……我現在開始想……」

女孩子們緩緩爬到紗霧所在的中央聚集起來。

充滿房內那令人飄飄然的香味，感覺變得更強烈了。

——好啦。

在這邊告訴大家現在的狀況。

我和泉正宗，現在——

已經潛入到在客廳舉辦的女性聚會裡。

這是藉由愛爾咪引導才能實現的狀況。

簡短解說一下。

到剛才為止，這個房間都在用ＡＰＰ遊玩簡易的「狼人遊戲」。

這邊就省略掉關於遊戲規則的說明，不過這個遊戲在進行中，有個時間只有獲得「狼人」這個職業的人物才可以行動，其他參加者會被限制住視覺與聽覺。

愛爾咪就利用這空檔，把我這個異類帶進女孩子的花園裡。

——嗯？你說我有個重點沒有說明？

——這難道是指「我現在是從哪邊觀看女孩子們的交談？」這件事嗎？

讓我回答吧。

那就是愛爾咪的棉被裡。更正確地說，我是用跟愛爾咪躺在一起的方式鑽進棉被裡，藉此才能觀看到女生聚會的情況。

——冷靜想想，我幹嘛要做這種事情？

的確，我超級想聽「紗霧的戀愛故事」沒錯！像是紗霧會跟大家講些什麼——或是結果到底有沒有講到關於我的話題——這些我都超級在意！

可是——

我沒聽說過要被逼進如此危險的狀況啊！

現在罪惡感跟如果被發現就完蛋的不安感不斷湧上心頭啊，愛爾咪！

我猛力唆使自己的幕後黑手瞪去——但就算這樣，這個姿勢只能看見愛爾咪的胸部。

從那件如同公主禮服般的雪白睡衣上，傳來輕柔的甘甜香味。

再加上這是某些程度上非得緊貼在一起的狀況。

心情好奇怪。

我絕對不是對愛爾咪有什麼非分之想。

或許是她那種男性化的言行舉止，明明是超級美少女但不知為何就是不會讓人臉紅心跳。

可是隆起的胸部就近在眼前的衝擊，對我而言還是太過刺激。

這種無法冷靜下來的心情，真想說服自己這不是見異思遷。

「那個……各位……我想好要講的內容了。」

深愛的紗霧這個聲音，讓我在棉被裡頭恢復清醒。

「等妳好久啦！」愛爾咪如此歡呼著。

「有、有那麼想聽嗎？」

就是那麼想聽！

想把真心呼喊忍住不發出聲音還真是辛苦。

在紗霧害羞躊躇的時候，我從跟愛爾咪躺在一起的棉被縫隙間，偷偷窺探大家的情況。結果……

「噗！」

明明正在進行隱密潛入任務，但我卻驚訝到噴出口水。

「咦？愛爾咪，妳有發出奇怪的聲音嗎？」

「咦？啊——啊啊，咳咳……稍微乾嚥了下口水……」

『你在幹什麼啦，笨蛋征宗！不要發出聲音好嗎！是想被發現喔！』

愛爾咪沒有把這種想法發出聲來，而是壓住我的頭再捏了我的手來傳達這個意思。

——抱、抱歉……！可是也沒有辦法吧！這個情景就是有如此強烈的衝擊性！

沒錯！我跟愛爾咪的正前方！

我在那邊目擊到的事物是——

穿著無~~比煽情裝扮的大姊姊，趴著躺臥在地上的模樣。

正確來說，那就是京香姑姑。

什麼？這種……有夠透明的……內衣？睡衣？……睡、睡袍……？

老實說我對女性的服裝不太清楚，因此也不知道這種成熟又煽情的服裝正式名稱叫什麼……

這是剛才講過的……決勝睡衣？

我的精神遭受到預料之外的巨大打擊。

只能盡量保持意識清醒，縮起僵硬的身體，把視線移開盡可能不去看那邊。

於是——

「……那、那這樣，我喜歡的人的故事……要開始說了。」

正好是要進入主題的時候。

紗霧那原本就很紅的臉頰……染上了更多紅暈。

「我喜歡的人……叫做正宗……是叫……和泉正宗。」

這句話，雖然讓大家做出「早就知道啦」的掃興反應，但只有對我是立刻見效。我喜歡的女孩子，說出喜歡我的話語。

——這……超讓人開心的……

不管是第幾次，還是早已知曉，都不會因而褪色。

把手放到高聲鳴動的胸口。紗霧在我面前，繼續說下去。

「正宗是……從兩年前開始……成為我的哥哥……在那之前……是重要的夥伴……與搭檔……在更早之前，是為我帶來夢想的恩人。」

這次大家沒有再說「早就知道了」。而是默默地，並且安靜地聽著。

「媽媽跟爸爸結婚後……我第一次跟正宗見面時……只覺得，這個人還真愛發呆。」

那當然……因為……我對妳一見鍾情，看到入迷了嘛。

這時候，紗霧似乎微微笑著。

「真的是這傢伙嗎？我當時這麼想著。因為名字相同，大概是沒錯吧……但是提不起勇氣，於是就沒問……」

我跟紗霧，在見面之前就認識了。

我們在網路小說網站上交流——互相述說夢想。

像這樣的兩個人，成為了兄妹。

這說不定……並不是奇蹟。

因為老爸跟媽媽的相遇，是因為在工作上有互相往來。

實際上，就是稍微有些偶然的機率吧。

即使如此……

「我覺得這是個奇蹟，也相信這是命運。因為，我一直喜歡著他。從相遇之前開始，就一直喜歡著正宗。」

「……這樣啊。」

惠以溫柔的聲音附和著。

「雖然知道正宗真的是『那個征宗』……是很久之後的事情……嘿嘿…………但是真的好開心……」

紗霧陶醉地說著。

感覺就像昨天才發生一樣，我也回想起當時的情況。

——我是！寫了《轉生銀狼》的和泉征宗！

「可是……事情卻不像我想的那樣發展。正宗把我當成妹妹看待……他露出寂寞的表情，說自己想要擁有家人……所以我……只能假裝自己是他的妹妹……」

啪，愛爾咪伸手對我的後腦甩了個巴掌。

可惡……！

紗霧！紗霧！我那些沒出息的往事，不要在大家面前講太多啊！

「總有一天，我想成為正宗的女友……不是妹妹，而是希望他把我當成女孩子來看待……」

紗霧一點一滴流露出來的情感，刺進我的胸膛。

「可是……他卻突然跟我求婚……真的完全搞不懂是什麼意思。」

「會像這樣順勢失控的地方，很有征宗學弟的風格。真棒呢。」

「我也投一票，這真的搞不懂呢！」

「老子我也是。」

被大家罵得好慘……

不是，因為啊！……我想要有家人，也希望她成為女朋友……

那不就只能結婚了嗎！不、不過……冷靜想想，這樣完全沒有考慮到對方的心情，這點我也有反省了！

「那個……然後啊。因為這實在跳過太多步驟，於是我拒絕了求婚。」

「真是太浪費了！如果是我就會接受喔！」

「村征老師妳冷靜點！」

惠似乎把失控的村征學姊阻擋下來。

「抱歉喔，小紗霧。繼續說吧。」

紗霧點了點頭。

「相對地……就由我說，請跟我交往……這樣告白了。」

「呼哇～～～～～～～～～～～～～～♡」

惠發出嬌甜的聲音。

我也在內心拚死忍住想大喊「呼哇～～♡」的衝動！

「雖然原本就知道緣由……但是重新從紗霧口中聽到詳細經過，還是讓人臉紅心跳呢。」

京香姑姑也開始臉紅。配上服裝後，變成讓人難以直視的表情。

比起如此豔麗的成年女性，更加搖蕩我的感情的是——

「我……非常非常……喜歡正宗。」

紗霧的一切。

「從見面之前就一直喜歡著……到現在更加喜歡。我喜歡他勤奮努力的地方。喜歡那種光是跟他在一起，就會感覺很幸福的地方。我喜歡他不管是寂寞的時候，還是難過的時候，都會在身旁一直守護著我。也喜歡他無論何時都會帶給我美好的夢想。」

嗚……哇、哇、哇哇哇……

……我明白紗霧對我發脾氣的理由了。

這下會死。

「喜歡的地方實在太多……根本講不完。」

最喜歡的戀人，暢談喜歡自己什麼地方的情景，可沒辦法讓我只受到致命傷就結束。現在不立刻停止的話……我真的會死。會害羞到死。

我緊抓住棉被，用力閉上眼睛。

即使如此，聲音還是像甜美的麻藥般滲透進來。讓我忍不住瞇眼偷看。

「我有很長一段時間……都躲在房間裡……對正宗講了許多任性的話。過分到連有血緣關係的家族都可能棄之不顧的話……也講了很多……我自己不好的地方，沒用的地方還有骯髒的部分，這一切正宗全部都知道。可是……明明是這樣……正宗卻還是說他最喜歡我……跟我在一起，就會信服……他笑著，講出這樣的真心話……」

紗霧露出今晚最棒的微笑。

「他這種地方……我最討厭，也最喜歡了。」

「我想讓正宗露出笑容。不管哪種喜歡的東西，我都想買給他……他會高興的事情，我全部都想為他達成。做飯給他吃……也為他去賺錢……家事也全部由我來幫他做……我想像這樣，一輩子在身旁養活他。我想讓正宗變得更加更加喜歡我……我也想變得更加更加喜歡正宗。我想要變得可以抬頭挺胸，說出比起正宗喜歡我的心情，我喜歡正宗的心情要更強烈許多。」

我甚至無法逃跑，只能繼續聽著紗霧的愛戀話語。

不斷地，不斷地遭受到致命傷。

就連不是當事人的愛爾咪，也發出要吐出砂糖的呻吟聲。

然後，紗霧像是要堵住去路般開口。

她用充滿自信的聲音說：

「我是最深愛著正宗的人。所以絕對不會交給任何人，由我來給他幸福。」

我能維持住的記憶，就到此為止。

第三章

和泉家舉辦的「戀愛故事女生聚會」經過一晚後。

「我出門嘍。」

身穿制服的我，盡可能跟平常一樣地往二樓出聲。

於是，紗霧緩緩走下樓梯……

「慢走喔，哥哥。」

來到玄關，對我說出送行的話。

「路上要小心。」

「……喔、喔喔。」

「來，這個……我試著做了……便當。」

「唔耶？……謝、謝啦！」

「嘿嘿……有嚇一跳嗎？雖然全部都是哥哥教我的料理……但我也有下了獨自的功夫，敬請期待。」

「喔喔……真是開心！……嗯，我會珍重地吃喔！」

我像是收到優勝獎盃般，恭敬地把便當盒高舉起來。

結果，紗霧顯得很害羞。

「哎喲……你也太誇張了。」

——紗霧來送我出門。

這是最近開始能在和泉家看到的情景。

是可以強烈感受到紗霧進步與成長的情景。

如果給一年前的我看到，想必會驚訝無比然後又歡欣鼓舞吧。

從旁人眼中來看，這只是個溫馨的情景吧。

可是實際上，我們兄妹之間發生了嚴重的問題。

「哥哥……你今天放學之後，也要到出版社工作嗎？」

「是、是啊……有臨時的腳本會議。所以妳先去睡也沒關係。」

我內心張皇失措地說著，結果紗霧緩緩搖頭。

「不了……我等你。我們一起吃晚飯嘛。」

紗霧這麼說完，就很幸福地——靦腆地笑了。

「…………………………………」

我不禁感到一陣暈眩。

於是紗霧注視著我的臉。

「？哥哥？」

「咦！怎怎怎怎、怎麼了？紗霧……？」

不要把臉靠得那麼近！我會死掉啦！

我突然大聲喊出來，讓紗霧疑惑地側著頭。

「從今天早上開始，你是不是就有點奇怪？」

「沒——有……那麼……一回事……」

「嗯……果然很奇怪。臉好紅……感冒嗎？有沒有發燒？」

紗霧輕輕地——

把雪白的手，往我的額頭伸過來。

她想要觸碰我。

「！」

我為之一震！產生激烈反應，千鈞一髮地閃過紗霧的手。

「咦？」

應該是沒想到會被戀人躲開吧——紗霧看來感到很困惑。

老實說這是需要做些解釋的場面，雖然我知道這一點——

「那、那麼……我出門了！」

我慌忙地往學校出發。

跑出玄關，衝刺跑了大約一百公尺後，我停下來。

「哈啊……哈啊……哈啊……」

我半蹲下來，不斷喘氣。

才只是稍微跑一下而已，額頭就都是冷汗。

——希望大家聽我說明一下。

昨晚。我在愛爾咪的引導下，潛入了化為「教育旅行時的女生房間」的客廳。在那邊，我目擊到穿上超情色服裝的京香姑姑——喔，不是這個……由於衝擊性太過強烈才讓我提到這件事。

但是抱歉，這個不是主題。

重新來過一下。昨晚，我……潛入女生房間，在那邊……

聽了紗霧的戀愛故事。

聽了紗霧絕對不會在我面前說出口的真心話。

知道了紗霧對我的思緒。

——**我是最深愛著正宗的人。**

——**所以絕對不會交給任何人。**

——**由我來給他幸福。**

沒想到會在這裡，被投以強烈又深層的思慕。

「……呼……」

這股威力，甚至讓我在潛入任務中一時之間失去了意識……不過倒也不是由於這個原因，讓女孩子們發現我潛入，演變成很糟糕的事態。

愛爾咪完美地跟我躺在一起，徹底瞞過了女孩子們。

跟進去時一樣，她順利地引導我從客廳脫離。

所以知道「和泉征宗聽了紗霧的戀愛故事」這個事實的人，只有我本人跟愛爾咪而已。

在那裡的女性們跟紗霧，什麼都不知道。

所以紗霧就跟平常一樣對待我，頻繁地想要產生身體接觸。

對我這個被投以沉重又直接的愛情，精神處於崩潰的人！

「……嗚哇啊啊啊………………」

我走在去學校的路上，用手覆蓋住發燙的臉。

「沒、沒辦法正視紗霧的臉龐……！」

昨晚的餘熱，在心臟裡暴動。

那段熱情的台詞，不斷地在腦海裡重播。

我的腦袋，彷彿經過川燙。

「唔唔唔……這好像剛告白過後的那種心情，不斷持續下去一樣……！」

明明只想著紗霧的事情，迫不及待地想見到她。

可是當直接見到面時，就會高興過頭又感到害羞，變得根本無法好好講話。

於是，忍不住就擺出冷淡的態度。
這種情況，連剛開始交往的時候都沒發生啊！
自己的感情，變得完全無法控制！
有人說戀愛是會招致死亡的疾病……看來是真的。
這種事情，根本無可奈何啊。
「唉……去便利商店買瓶水吧……」
讓秋天的冰涼空氣冷卻臉龐的同時，我搖搖晃晃地走下去。
「可惡……」
真想找誰商量一下——我這麼想著。

*

必須找誰商量一下——我如此想著。
「……唔……哥哥的樣子很奇怪。」
自己在沒有人的走廊上自言自語。
我，和泉紗霧正煩惱著。
雖然事到如今也不必再講，但我跟正宗……就是男女朋友。

……可是。

「感覺正宗好像在躲我。」

只要靠近他就開始動搖，想摸他就會逃跑，而且真的打斷話題就直接跑掉了。

所有一舉一動，都顯得相當可疑。

這情況，明顯很奇怪。

「唔嗯……」

正宗的模樣開始變得奇怪——沒錯，是從今天早上開始。

昨晚最後見到面時還很普通，在那之後發生什麼狀況——是這麼一回事吧？不過，又會是什麼狀況？我做了什麼會被正宗討厭的事情……之類的嗎？

「完全沒有頭緒。」

說起來到今天早上之前都沒見到面……不……也有可能是我過去幹過的「壞事」，在這個時間點被發現……？

講到我對正宗做過的「壞事」——

「是偷偷吃掉正宗的大福嗎？還是說，是我無視小說的本文把女主角的髮色塗成粉紅那件事？或者說，可能是——」

感覺好像哪個都不對……

因為剛才列舉的事情，全部都已經被正宗發現。

而且……我的男朋友不會為那種事情發脾氣。

對我的工作有意見時，也會直接在當下明白告訴我。

例如說，這是情色漫畫老師的真實身分還沒有被正宗發現是和泉紗霧時發生的事情——

和泉老師透過編輯，寄來這樣的商務郵件。

『這個女主角的胸部務必請一定要畫大一點。』

『請再畫更大一點！真的拜託了！』

『這跟我的印象完全不同！我有附上理想的胸部照片，請畫成這種感覺！』

『情色漫畫老師只要一粗心大意，馬上就會畫成貧乳呢。』

喂，這傢伙是想找我吵架嗎？

當時這讓我感到相當火大。

和泉征宗這名輕小說作家，就是如此率直的人。

所以就算正宗的樣子怪怪的，也不可能會突然討厭我。

要繼續講其他理由的話……那就是和泉正宗這名男孩子——

「他最……喜歡我了嘛。」

臉頰開始發燙。嗚嗚嗚……自己講的話，讓自己害羞起來了。

總、總之，就是這麼一回事。
正宗的樣子會變得奇怪，一定還有其他理由！
我邊打掃跟洗衣服，同時煩惱著。
——不管怎麼思考，都想不出「別的理由」。這樣的話……
「果然……還是想找誰商量一下。」
我把打掃工具整理好，急忙衝回自己房間。
撲到床鋪上後，將筆記型電腦啟動。
打開瀏覽器，顯示出常去的網站。
網站名稱是叫「小桐桐的戀愛♡人生諮詢室」。
這種是網路黎明時期似乎很常見，以紅色文字配上黑色背景，充滿「中二病」風格的奇怪網站設計。首頁圖則是使用了雙馬尾哥德蘿莉少女的插畫。
網頁內容有兩項，是管理員講自己事情的流水帳型日記，還有戀愛諮詢留言板。
把想談的戀愛諮詢寫進去後，自稱是「戀愛高手的女高中生」的管理員，就會（用頗自以為了不起的態度）來幫忙進行諮詢。
先不管能否作為參考，對於猶豫不決的諮詢，她大多都會很痛快地一刀兩斷解決掉，光是閱讀起來就很有趣。
「……不管看幾次，網站名稱跟頁面設計的不協調感還真嚴重呢。」

雖然也不是說弄得很糟，但是身為職業插畫家，會湧現出想幫忙重畫一張符合「戀愛♡人生諮詢室」感覺的可愛插畫。

不過啊，或許是這種網站現在反而顯眼。「小桐桐的戀愛♡人生諮詢室」其實還算滿熱鬧的，每週都會有二到五件的諮詢投稿進來。

「……嗯～～好。」

我暫時看著網站迷惘一陣子，但最後還是一鼓作氣投稿了諮詢。

雖然的確覺得這是個奇怪的網站，但還是希望有誰可以聽我說一下，可是找認識的人商量又會覺得害羞……而且——

——有年輕女孩子來為我人生諮詢，這樣會很興奮吧！

情緒整個高漲起來了。

說不定只是裝成女高中生的大嬸？

我不會去思考那種沒有夢想的事情。

這個名叫小桐桐的管理員，絕對是個美少女ＪＫ沒錯。

文章看起來也是那種感覺！我決定就這麼相信了！

好了，反正也說服了自己。

我投稿的戀愛諮詢，是像這樣的文章。

初次見面妳好，我是個十三歲的國中女生。

我有個互相定下終身大事的男朋友……最近，總覺得他好像在躲著我。光是靠近就產生動搖，想摸他就會躲開。今天早上也是……為了幫他量體溫，光是想觸碰額頭就被他逃跑。

我不知道該怎麼辦才好……所以想找人商量一下……

於是就來這裡投稿。

如果妳肯給予意見，我會感到很高興。

投稿後經過不久，管理員就寫下回覆。

初次見面妳好，我是小桐桐。

這個諮詢內容太過驚人，害我的智慧型手機掉到地上啦。

那個啊……雖然很多地方，真的充滿吐嘈點！

但我相信情色漫畫妹妹講的話。

這些全部，想必都是真正的事情吧？

唔嗯……最近的年輕人還真是早熟呢~~~~~~！

既然如此，如果要繼續在這裡交談，這個話題也太過纖細了吧？

我這邊到開始上課為止，還有一點空閒。

情色漫畫妹妹現在有時間嗎？
我招待妳進來聊天室，到那邊聊吧！

「唔嗚嗚……」

我思考幾秒後，就把同意的回覆跟免洗的郵件網址打進去。

接下來，暫時有些交談——

小桐桐　：再次打個招呼，初次見面妳好～
情色漫畫：初次見面妳好。

——就變成這樣的狀況。

小桐桐那邊迅速傳來很長一串的訊息。

如果這是用手機打的字，那她的輸入速度跟以前的和泉征宗不相上下。

小桐桐　：雖然很突然，但是這個網路暱稱。
妳是插畫家的情色漫畫老師嗎？
情色漫畫：沒錯，這跟色色的漫畫絕對沒有任何關係。

小桐桐：果然是這樣沒錯！我也超喜歡的！
情色漫畫：咦？真的嗎？
小桐桐：就說真的嘛！為什麼好像很意外？
情色漫畫：畢竟我沒什麼知名度，尤其是在年輕女孩子之間。
小桐桐：沒那回事啦！
：不認識情色漫畫老師的女生，現在根本不允許存在吧！
情色漫畫：……是、是這樣嗎？

畢竟相遇的經過是這種樣子，所以這次——即使是在網路上而且還用了筆名，我也沒有用男性語氣來寫訊息。

話說回來……這個叫小桐桐的美少女ＪＫ，似乎還滿宅的。

雖然腦海裡湧現她是個網路人妖大叔的可能性，但還是搖搖頭打消這個想法。

「不！不是的！小桐桐她是個深度宅宅美少女！絕對是這樣！」

因為像是「現在是上課前」或是「雖然是外出中，但可以用手機打字」這些，設定上的細節都有好好顧到嘛！

要欺騙自己也變得越來越困難了……得快點繼續諮詢下去才行。

小桐桐：因為啊~情色漫畫老師可是為已經決定動畫化的神級輕小說，《世界上最可愛的妹妹》繪製插畫的神繪師嘛！

情色漫畫：……有那麼喜歡嗎？那麼喜歡情色漫畫老師。

小桐桐：呼嘻嘻~老師的實況，我可是全部第一時間觀看喔！
也有發出過留言來請老師畫張插畫——
直接說深愛著妳也無妨！

情色漫畫：這樣啊……有那麼喜歡呀。

喔喔……小桐桐，這女孩子真不錯耶。
就算是個大叔我也原諒她。

小桐桐：哎呀呀，講太多了。咳咳，那麼讓我們進入主題吧。

情色漫畫：嗯。

小桐桐：所以，關於情色漫畫妹妹的戀愛諮詢……
可以把詳細情況告訴我嗎？
當然，我向妹妹之神發誓，絕對不會把祕密洩漏出去。

情色漫畫：妹妹之神？呃……我原本就打算這麼做。

而且妳會特地把我叫到聊天室，就是顧慮到不要讓對話被其他人看見吧？
如此貼心的人，我想不會做出奇怪的事情。

我相信妳——就這麼告訴她。

小桐桐　：嗯～雖然給我來講也很奇怪，但妳這樣也實在太沒有防範了。
既然是女孩子的話，還是再多懷疑一下別人會比較好喔。
……不過，謝啦。

情色漫畫：嗯……那我詳細說明一下。

我就這麼講了。告訴她的是今天發生的事情，還有我跟正宗的關係等等。

當然名字跟職業是有隱瞞起來，但是文章的前後內容說不定多少有透露出一些。

但是——

小桐桐　：咦……這麼說來，妳難道是——……
謝謝妳告訴我，這樣大致上應該可以掌握情況。

——這個女孩子的話，我覺得沒問題。

小桐桐：看到寫在留言板的文章時，我就有「該不會是這樣」的感覺了……
情色漫畫妹妹，是位妹妹呢。

情色漫畫：嗯。

小桐桐：老哥……哥……不對……哥哥啊。
那位沒有血緣關係的「哥哥」……妳真的很喜歡他呢。

情色漫畫：嗯，最喜歡了。

小桐桐：所以……你們總是一起追逐夢想……然後感情變得越來越好……

情色漫畫：一開始，完全沒有進展……
被他說想要成為家人，想要成為兄妹……這讓我好煩惱。

小桐桐：——可是，知道你們是兩情相悅後。就互相告白……定下終身。

情色漫畫：……嗯。

小桐桐：好好喔，這樣子。

她這麼簡單寫著。

明明只是文字，但是為什麼呢？

感覺裡頭含有沉重又強烈的情感。

小桐桐　：太好了呢，恭喜妳。

情色漫畫：小桐桐？

小桐桐　：嗯？

情色漫畫：沒事，謝謝妳。

小桐桐　：不會啦～不用客氣♪
我啊，可是站在所有戀愛中的妹妹這一邊喔。

情色漫畫：還真奇怪。

小桐桐　：呼嘻嘻～

下一段訊息，稍微隔了段時間。

小桐桐　：那個，然後啊。情色漫畫妹妹的煩惱。
就是明明處於那種天真浪漫的熱戀狀態，可是男朋友卻避著妳。

這是為什麼呢？該怎麼辦才好？——是這樣子吧。

情色漫畫：嗯，妳覺得是為什麼？……妳認為我該怎麼辦才好？

不知不覺間，我已經轉變為對親暱好友講話的語氣。

不管本名、外觀，說不定連年齡跟性別——所有一切都不明瞭的對象。

可是我，卻從這樣的她身上，感受到強烈的信賴感。

正因為感到強烈的共鳴，所以……

小桐桐：那這樣，我這前輩給個建議。

對於我的諮詢，不管她給於什麼樣的答案，我認為自己都可以率直地接受。

小桐桐：我覺得打下去就好啦。

情色漫畫：啥？

小桐桐：男人啊，只要騎到他身上往臉甩巴掌下去，只要這一巴掌就會陷入熱戀。

我也是這樣子，才跟喜歡的人變得感情很好喔。

情色漫畫：咦咦……？

我撤回前言。這女孩子在講什麼啊？腦袋沒問題吧？

情色漫畫：這個，只是因為那個男生很M而已吧……

小桐桐　：沒那回事！不，可能稍微有一點點啦！

但這毫無疑問是我們感情變好的契機。

嗯嗯嗯……該怎麼說才好。

就是說，如果不像這樣全力以赴，便無法把心情表達給對方！

想要讓對方變得坦率時，自己不跟著變坦率是不行的！

情色漫畫：坦率地，表達心情……

小桐桐　：沒錯！妳現在正煩惱著吧？

妳喜歡哥哥，喜歡到無法自拔吧？

所以被避開才感到不安吧？

既然如此，就要把這一點好好表達給對方知道啊！

我彷彿可以直接聽到她的聲音。

小桐桐　：只是因為，我的做法就是那種感覺而已……
　　　　　只是因為，我只會打他罵他，是個超麻煩的妹妹而已……
　　　　　我認為妳應該會有屬於自己的做法。
　　　　　不管是哪種做法，只要能把心情表達出去，我覺得都無所謂。
　　　　　既然是互相喜歡，就一定能傳達給對方。
　　　　　只要盡心盡力地思考、行動，對方必定會了解的。
情色漫畫：是……這樣嗎？
小桐桐　：嗯！一定是！
情色漫畫：謝謝妳……我試試看。
小桐桐　：全力進攻吧，我會為妳加油的。

她講的話，真是鼓舞人心。明明是今天才第一次交談的關係，這真不可思議。

情色漫畫：今晚我會好好地……試著把煩惱的事情告訴他。
小桐桐　：喔～加油。
情色漫畫：那個……妳還有其他點子嗎？
　　　　　就是可以表達「我喜歡你」的方式。

小桐桐　：嗯～說得也是。對了，你們住在一起吧？

　　　　那這樣，幫他把家事做得很完美如何？讓自己成為新妻妹妹妳覺得怎麼樣？

　　　　在我的經驗上，這招應該相當有用喔。

……新妻妹妹是什麼啊？雖然大概明白她想講什麼……

情色漫畫：像是料理、洗濯或是打掃……我姑且都算是有在努力……

　　　　可是我的男朋友，在家庭主夫這方面擁有最高等級的實力……

小桐桐　：嗚哇～他是戀愛喜劇輕小說的主角嗎？是電擊文庫裡經常會看見的傢伙嘛。

　　　　唔嗯～是嗎。這樣子，情色漫畫妹妹就算幫忙做家事。

　　　　能給對方帶來的衝擊性也很薄弱呢。

情色漫畫：就是這樣，好困擾……

小桐桐　：那這樣，即使家事技能輸給男朋友，改用把心意傳達給他的做法吧。

　　　　簡單說就是親手製作料理——然後親手交給他這類型。

　　　　像是便當啊，或是袋裝的小點心。

情色漫畫：會有效果嗎？

小桐桐　：這是我第一次把情人節巧克力，送給我喜歡的人那時候的事情。

大半都烤焦了，外觀也很難看……然後雖然是之後才知道的……
那個其實超級難吃，實在不是可以下嚥的東西。
可是啊，那傢伙卻說出「這超好吃的耶」這種話來。

情色漫畫：真是溫柔的男朋友呢。

小桐桐　：對吧？

訊息又暫時停止一陣子。

小桐桐　：所以啦，因為離情人節還早——
我推薦親手做個便當之類的喔。妳的心意，一定可以傳達到。

情色漫畫：……其實，今天……

我思念著到學校去的正宗。

情色漫畫：我把第一次親手製作的便當拿給他了。

小桐桐　：喔喔～已經實行啦……如果他能感到高興就好了呢。

我們一直聊到她快要開始上課之前……

跟素未謀面的她暢談戀愛故事，給我帶來了勇氣。

＊

放學後。

我和泉征宗在出版社的等待區，終於準備要打開紗霧做給我的便當。

學校午休時，由於突然有工作必須要處理，因此就沒有時間吃午餐了。

最近突然必須馬上回覆的工作真的很多，其他兼職作家們是怎麼處理的呢……？這會讓我有這種想法。

雖說是兼職，但我還是學生，勉勉強強可以處理掉。如果是工作中有所限制的環境，應該會很辛苦吧。

總之，就是這樣。

沒有吃到午餐的我，放學後超急忙地趕到出版社。

抵達時間是下午五點前。今天的工作「臨時腳本會議」是從下午六點開始，我比預定還要早一個小時以上抵達。

跟預定一樣。會這麼做，也是想要盡可能在安靜的地點，吃這個由我那惹人憐愛的女朋友製作的珍貴便當。

如果在放學後的教室裡吃，會被大家開玩笑，無法集中在便當上頭。

另一方面，這裡很安靜，也有其他不少人在這邊吃簡餐……

因此可以全神貫注地專心在這個「紗霧便當」上頭吧。

說真的，這個寶物可比臨時的工作來得更重要許多。

要比邊走邊吃的美食漫畫主角，抱持更高的自覺地來享用才行。

「好——上吧！」

我在最佳的時機，取出包著便當的包袱。

接著輕輕放在桌子上，細心地將包袱打開。

「…………喔喔。」

這是多麼神聖的靈光。

平凡無奇的便當盒，散發出神聖的光輝。

情色漫畫光線的光輝，從蓋子的縫隙裡洩漏而出。

「……咕嘟。」

手微微地顫抖著。我緩緩把手伸向蓋子，然後將其水平舉起來。

便當盒的蓋子打開，從裡頭現身的是——

「是角色便當！」

藉由白飯跟配菜的組合，《世界妹》的妹妹被完美繪製出來。

這真的有夠猛……竟然是由負責的插畫家本人製作的角色便當……在這個時間點已經是非比尋常的物品，然而更加驚愕的事實……

「嗚哇啊啊啊啊啊！上頭寫了『最喜歡哥哥了♡』耶耶耶耶耶耶耶耶耶耶耶耶耶耶耶！」

我的心臟差點停止。

因此還把平常該有的所有顧慮統統捨棄，在公共場合大叫起來。

周圍的各位，真的很對不起……可是，出現這種東西那我也沒辦法啊！

打該便當蓋的瞬間，愛跟幸福就如同寶箱怪那樣跳出來……

「哈啊……哈啊……」

我的胸口差點要爆炸死掉了啊，紗霧！妳喔……妳真是！

從今天早上開始就持續進攻耶！到底是怎麼了啊！

當我按著胸口蹲下時……

「喂、喂喂……和泉……你怎麼了！」

有人很擔心地對我出聲。

這名有一頭誇張金髮的青年是草薙龍輝，是我的戀愛喜劇作家前輩。

「草薙學長……抱歉……喊得那麼大聲……」

「不，沒關係啦……沒事吧？」

「雖然不是沒事但我沒問題。真是非常抱歉，請暫時讓我集中在便當上頭。我有著仔細品嚐女朋友製作的角色便當，這個崇高的使命存在。」

「…………是、是嗎？嗯，加油喔。」

「是！」

之後——

我好幾次在等待區「發出怪聲」、「抱著頭陷入苦悶」、「使出後空翻」這樣發神經後，勉強在沒有死亡的情況下吃完紗霧的便當。

另外在用餐中，拿手機拍了五十八張照片。還拜託剛好路過的赤坂透子製作人，請她幫忙拍張我跟便當合照的照片。

回過神來，距離腳本會議還剩二十分鐘。時間經過得真快……

「呼……我吃飽了。」

「……冷靜下來了嗎？」

草薙學長再次對恢復正常的我出聲。

「是，雖然經過一番死鬥……但勉強是生還了。」

「今天人很少所以還無所謂，那個……這種行為，就別再做了。好嗎？」

「我、我明白了。」

輕浮的學長很難得地認真斥責我，所以只能老實反省。

的確，剛才的我別說是社會人士，甚至還展露出身為人類不該有的瘋狂態度。即使是為了欣賞寶物，這還是不太好。

「我現在正稍微為了戀愛所煩惱，所以——」

「變得不太正常啊。」

「嗯，是的。最近，才得知女朋友對我的愛有多麼強烈與沉重。雖然感到非常開心……但卻不知道該怎麼辦才好，各方面都處於混亂之中。」

「誰理你啊，我可不想為你進行戀愛諮詢喔。」

草薙學長眯起眼睛，一臉很不情願的表情。

被這麼講那也沒辦法。我結束話題，這麼詢問：

「話說回來，草薙學長怎麼在這裡？」

「我跟獅童約好要去吃飯。所以就邊工作，邊等那傢伙開完會。然後我看到《世界妹》的製作人走進會議室，這代表你等等要開腳本會議吧？」

「是的。所以，我想席德應該差不多快來了。」

這也不是什麼推理，因為我跟席德的責任編輯是同一個人物。

神樂坂小姐的預定就是「跟獅童國光開會討論」→「《世界妹》腳本會議」這種順序吧。也就是說，跟席德的討論應該差不多就要結束。

「那我也差不多該收拾一下了。」

草薙學長把打開擺在桌上的大學筆記本，收到黑色皮革包裡頭。

奇怪？由於感到疑惑，便試著詢問：

「你用筆記本，是在處理什麼工作呢？」

總不可能是像村征學姊那樣，用手寫的方式在撰寫原稿吧。

草薙學長把剛剛收起來筆記本拿出來，遞到我手上。

「我在製作『新作企畫書』的原案。我的情況是到了要謄寫時才會使用文書軟體，一開始會先用鉛筆寫在筆記本上頭。」

「這樣啊。」順帶一提，我是從一開始就用電腦來撰寫。「話說，企畫書這類的撰寫方式，我到現在還是不太清楚——可以稍微讓我看一下嗎？」

「是沒關係啊。」

「謝謝你。」

我道謝後，就毫無顧忌地閱讀企畫書。

跟輕浮的外觀相反，他的字寫得漂亮又好讀。那是筆壓略強，稍微往右上傾斜的文字。

我的字寫得很難看，所以對於字寫得漂亮的人會無條件地感到尊敬。

對於故事本身只提起最低限度重點的話……

「目標讀者是●●」「為了獲得●●歡迎，要加入●●的要素」

「類似的既有作品是●●跟●●」「今後一年內的流行預測與根據」

「第一女主角的魅力是——」「副女主角的配置是——」

——這類的重點，耗費了許多的篇幅。我的感想這邊就省略掉。

除了記載企畫內容的本文外，其他還有許多箭頭與註釋，這些全部都是用鉛筆寫在上頭。

「啊啊……因為是這種寫法，才要用筆記本跟鉛筆呢。」

「像這樣盡量寫上去，不要用橡皮擦清掉的寫法，比較容易回想起當時靈光一閃的點子。但每個人都有各自的做法，我覺得你也沒必要特別去模仿。」

「不，這很能當成參考。」

畢竟很少能有機會，知道「別人進行工作的方式」。

我周圍的同行，又都是些很特殊的人。

像是千壽村征老師，或是山田妖精老師。

……向山田妖精老師詢問「企畫書的製作方式」時，那實在糟糕到完全無法參考。

「……草薙學長的企畫書……量還滿多的耶。」

「畢竟是謄寫之前嘛。而且你仔細看，企畫的點子有分成三種。」

「啊，真的耶。學長你好有幹勁。」

「思考下次要寫些什麼樣的企畫，就讓我感到很愉快。於是試著寫了三種半年後可能會受歡迎的類型。」

「製作企畫書，是很『愉快』的事情嗎？」

「很愉快呢。這跟集換式卡牌遊戲說不定有點類似。輕小說市場不時會產生屬於當時的環境與流行，然後就要搶奪數量有限的讀者。我們會觀看環境，意識到流行，然後用手上的牌組合出最適合的企畫來開始遊戲。只要企畫能順利運轉，就可以獲得眾多讀者，大賺現實中的金錢。失敗的話就要分析原因，再次重組企畫重新嘗試。這麼有趣的工作可是很少見的喔。」

真是有宅宅風格的例子。

我想起她直言說工作就是遊戲的事情。

只不過那傢伙不是用集換式卡牌遊戲當例子。

——這個工作是對戰型的線上遊戲！

——戀愛喜劇是益智類遊戲！

而是這麼說的。

「真是意外。」

「啊？什麼？」

「我提起工作的事情時，這還是我第一次聽到草薙學長說『很愉快』。」

「是這樣嗎？嗯，或許吧。」

因為平常老是在講錢的事情（現在也稍微有提到錢就是），所以我老覺得草薙學長是個對輕小說作家這份工作很冷漠的人。

對前輩講這種話說不定很失禮——但我稍微對他重新評價了。

「因為我也不是很喜歡寫輕小說啊。」

喂。

我才剛對你重新評價耶！你這是什麼輕小說作家不該有的發言！

「更進一步來說，我也不是想創作出有趣的作品。」

「你又像這樣講些讓讀者聽見會感到幻滅的話來……」

「從客觀角度理解自己，是很重要的事情喔。自我分析，這在就業博覽會也有做過吧？」

「我才高二而已，而且也不是希望要就職。」

「是喔，年輕真好呢。『透過自我分析，尋找自己真正想要從事的工作』——雖然當時覺得這很蠢，但那個其實是超級必要的程序。不管是工作還是其他事情，如果連自己的好惡都沒有徹底了解並且接受的話，是無法長久持續下去的。」

自己在什麼時候會感到愉快。

自己在什麼時候會感到幸福。

自己在什麼時候會感到難過。

自己遭受到什麼時會生氣，遭受到什麼時會高興。

自己喜歡什麼，討厭什麼，希望著什麼。

好好理解這些事情是很重要的——學長這麼說著。

「『只是想創作出有趣的作品』、『不是作品，而是希望自己受到讚賞』『希望受到同行的評價』、『想要輕鬆賺錢』、『想對討厭的某人爭口氣』、『想要讓宅宅們感到佩服』、『想在社群網路上活躍』——就算是同一種工作，每個人也都有各自有真正想達成的夢想。然後每種夢想，都各自有著適當的實現方式。要創造的事物也不同。不管再怎麼遜或再怎麼無聊，如果自己不明白夢想或是目標，就無法向前邁進。不過只要承認那些無聊的欲望，認清事實後再前進，就不會輸給沒有這麼做的人。因為自己是筆直向前邁進的嘛。」

「學長你很清楚自己的方向嗎？」

「那當然。」

草薙學長露出輕浮的笑容。

「我並不喜歡撰寫輕小說，也沒有想『創造出有趣的輕小說』。我啊，是喜歡自己創作的事物『被別人說很有趣』，然後也喜歡能藉此賺到錢喔。所以才會當個輕小說作家。」

……那樣子。

「這代表說……只要眾多讀者認為學長的作品很有趣，然後賺到很多錢的話——就算作品不是很有趣也無所謂。只要讀者覺得有趣的話，就不需要寫出自己感到有趣的作品……是這麼一回事嗎？」

「沒錯啊。」

「咦咦～？」

「如果我只拿出一半實力撰寫的作品，大家肯說『好有趣』來稱讚的話，那我會很開心地偷工減料呢。然後就會寫出兩倍的量，賺取兩倍的報酬。」

「你身為輕小說作家的尊嚴不會受傷？良心不會感到苛責嗎？」

「當然不可能啦。因為我是朝著自己相信的重要目標前進，並且全力灌注在工作上頭。這只會感到自豪呀。」

「我完～～～～～～～～～～～～～～～～全無法感同身受！」

「我們是不同的人嘛，想法會一致才比較稀奇。」

「是那種問題嗎？」

當我瞇起眼睛盯著他，草薙學長聳聳肩膀。

「為了不被誤會，我先說在前頭。到目前為止，我可從來沒有在創作作品時偷工減料過。不管是失敗的作品還是暢銷的作品，全部都是全力撰寫出來的東西。不這樣的話，我的讀者們可是絕對不會開口說『有趣』這兩個字喔。」

不過，只使出一半實力寫的作品就被稱讚說「有趣」——

可沒這麼簡單的事情。

草薙學長說：

「所以，雖然我沒那麼喜歡寫輕小說。可以的話也想偷工減料……但是為了讓那些傢伙說出『有趣』並賺到錢！無可奈何下！只能使出全力！拚命撰寫戀愛喜劇！你懂了嗎！」

雖然聽起來很像傲嬌發言——但這一定是真心話吧。

草薙學長的想法……這是引用他自己的台詞……雖然他可能不是個「真正的作家」。說不定只是個擁有輕小說作家頭銜的冒牌貨。

我自己也完全無法感同身受。

但是草薙龍輝老師拚命撰寫出來的戀愛喜劇，我今後也會繼續開心地閱讀吧。

因為這個人為了實現自己的欲望，在無可奈何下使出全力創作的作品，一定會繼續有趣下去吧。

他搔搔後頸，把話題倒回到幾分鐘前的部分。

「總之，就是這種感覺……只要熟知自己的狀況，就不會產生多餘的煩惱，也不用走上錯誤的道路，還可以拓寬視野給自己增加選項。按照我的情況……只要可以達成目標的話，也沒有必要拘泥於輕小說這個領域。」

只要是自己的作品能被稱讚為有趣，然後又可以賺到錢的環境就好。

是這種意思吧。

原來如此，如果不是很清楚自己的狀況，大概也很難產生這種發想吧。

「我又是——如何呢？有了解……自己的情況嗎？」

自我分析這種事情，我從來沒有去意識過。

「和泉應該遠比我還要更加了解自己吧？」

「是這樣的嗎？」

「那問一下，你想做些什麼？」

「我想讓喜歡的人幸福，為此要實現『兩人的夢想』。」

「你看，馬上就回答了嘛。明明還是個小鬼，卻毫不迷惘地用最短距離衝刺。這樣子，我當然也會被超越啦。」

「…………」

「不過，除了自己以外的事情就看不清楚了吧。畢竟老是只盯著前方看。」

「咦？」

「為了最重視的某人而『想使其覺得有趣』『想使其感到快樂』『想使其歡笑』『想使其幸福』——那當然是沒錯啦。這就是平常我們工作時所做的事情。每一天每一日，都開心無比地進行的事情。所以說啊——你的對象應該也是這樣吧？」

「————」

我一瞬間無言以對，在思考完全無法整合的情況下開口說：

「紗霧也……想要讓我獲得幸福嗎……？」

「沒聽過詳細情況我也不知道，但是你應該有被講過類似的話吧？」

——**由我來給他幸福。**

被猜中了。

真厲害……不愧是資深戀愛喜劇作家……該這麼說嗎？

「你啊，好像有點搞錯了吧。『要讓對方幸福』這是非常愉快的事情吧？為什麼只有你是單方面地在做這件事？兩年來明明都是你自己一個人在做這麼有趣的事情，可是等到對方做相同事情時，你卻感到沉重不然就是混亂……這樣子不可能說得通吧。」

實在太狡猾啦，戀愛喜劇作家如此說著。

「…………………………」

這讓我恍然大悟。

「草薙學長。」

「幹嘛？」

剛才這些原本無法判斷意圖的漫長對話……

「難道說……你是在幫我進行戀愛諮詢嗎？」

「啥？……你的時間也差不多了，快點過去吧。」

草薙學長發出咂舌聲，簡直就像是自己著作裡的傲嬌女主角一樣。

時間來到下午六點，臨時腳本會議開始進行。這是上星期真希奈小姐的原稿開天窗，因此才會排定的會議。

只不過並非像以前那樣好吃懶做才開天窗，而是由於強烈的創作意願讓她專心致志，不斷重新撰寫到可以接受的成果出爐為止。

原稿開天窗的當天，真希奈小姐是像這樣找了個藉口。

之後，她確實將原稿完成並且提交出來。

今天就是關於這份腳本的會議。

「怎樣啊，正宗先生。這成品很出色吧？當時我可不是被製作人逼到走投無路，才勉強講出那種藉口的喔。」

真希奈小姐一臉得意地……坐在椅子上挺起胸膛。

她是個穿著鬆垮的毛衣，戴著圓框眼鏡的姊姊。

雖然看起來年紀比我還小，但她似乎已經是成年人。原本是個很有福態的人，但最近熱衷於工作就慢慢瘦下來。

我對她闡述率直的感想。

「啊，是的。我覺得超有趣呢。」

「對吧？第五話會進入第二集的部分，不過考慮到接下來的發展，這一回的內容無〜〜〜論如何都必須要有所壓縮才行。不過重要的台詞很多，伏筆也很多，可不能弄成像在節錄一樣。這讓我超煩惱的！」

她很開心地，配上大幅度的身體擺動來進行說明。

現在的我才剛產生「新的煩惱」，所以無法完全集中在會議上頭。不過——

「沒有趕戲的感覺，原作重要的部分也有全部保留下來……我認為有完美整合起來喔。」

「喔，是嗎！可以再多稱讚點喔！」

「身為原作者，我感到很滿足。」

「嗯嗯，無須多禮。」

——她的幹勁，感覺就像分給了自己一樣。

「真的很感謝妳。」

所以這句道謝的話，我帶著雙重的意思說出口。

接著發言的是：

「我這邊也沒有要提出大幅修正的意見。」

那是赤坂透子製作人。是個身穿套裝，有著尖銳冷冽的氣質的女性。

「那麼……我們從第一頁開始來進行校對。」

這麼說起來……關於腳本會議具體上的流程，我好像沒怎麼講解過。

這是個好機會，讓我說明一下吧。

不過這畢竟是「《世界上最可愛的妹妹》的腳本會議」的情況，直接照單全收的話我也很困擾……不過，總之來試著解說看看。

《世界上最可愛的妹妹》的腳本會議，是每週一次，固定在週末晚上舉行的會議。

基本上是從下午五點開始，但是配合參加人員的預定，也可能多少會往前後調整。

如果是腳本的完成原稿當天沒有送達的情況下，除了腳本家以外的所有人就會一起在會議室裡靜靜等待原稿送達……偶爾也會有這種狀況。

雖然等了很久，結果還是沒送達。這種情況也是會有。

只有腳本家自己跑來，但是沒有原稿。這也有發生過。

「怎麼可能會有這種事情。」「沒有真實感。」

「就算是創作這也太誇張了。」「腳本再怎麼慢，也是前一天就會送到吧。」

感覺好像會這樣子被各界所抱怨，所以請讓我再重複一次。我的經驗上，這很普通地發生過好幾次。

關於這一點，大家可以當成真人真事也無所謂。

製作進行人員會倒下、絕望或是發狂，一定也不是工作系動畫誇張過的情節吧。感覺反而是為了當成娛樂，還刻意描寫得比較溫和了。

實際上當成品沒有送到時，製作進行人員的表情實在難看到讓人無法直視。

那看起來真的是很痛苦……

從催促郵件的那種文面就能體會到精神缺乏安定，這讓我胸口感到一陣心痛。

自己是原作的動畫製作現場，如果出現死者的話該怎麼辦……這種想法甚至服現在腦海裡。

也曾經發生過黑暗到深不見底，無法寫在這裡的事故。

深刻的問題會祕密地處理掉之後，再用事後承諾的方式對原作者（恐怕是委婉地）稍微報告一下……這種事情也有過。

這並不是發生在我身上的事情，而是從熟人的熟人那邊聽來的——……

……某一天，原作者跟往常一樣出席動畫的腳本會議時，幾個月以來總是一起工作的導演卻不見人影。而製作人I先生溫和地告訴他替換導演的事情——像這樣讓人背脊為之一涼的情節，似乎也發生過。

這終究不是發生在我身上的事情，也不知道I先生到底是誰。

總而言之。

經過這幾個月的經驗，讓我發誓「絕對不要成為動畫的腳本家」。

因為太可怕了。

怪談……不對，閒話就不多說了。

會議的地點，是使用出版社的會議室。其他現場似乎也會使用工作室的會議室，所以看來並沒有特別規定要用哪邊。

和泉正宗經常被抓來關在裡頭的「出版社會議室」，是個有白色長桌並排的寬廣房間。參加人員有導演、腳本家、原作者、責任編輯、製作人，其他還有幾名動畫製作小組的人列席——合計超過十名。

話雖如此，主要會發言的只有導演、腳本家、製作人、責任編輯，然後就是原作者這少數幾名。

至於這些參加者要做些什麼工作，那就是腳本的校對。

——會議開始前，事先熟讀好腳本，將意見整合起來。

——全員從第一頁開始翻閱腳本，依序提出意見並進行議論。

——照這樣重複到最後一頁，確定修正點。

——按照會議的結論，由腳本家修改腳本，並提出第二稿。

——在下次腳本會議中，對第二稿進行校對。

——所有修正點都解決後就成為「決定稿」，接著進入下一話。

——以後就重複以上流程。

之後「決定稿」會當成動畫的設計圖交給製作小組，變成分鏡稿等等的形式——暫且就是這個樣子。

大致上每一話都會用三到四次的會議來完成決定稿。

實際上正常應該是要同時進行複數話的腳本，但是真希奈小姐頑固地只願意一話一話依序撰寫。

由於有這種狀況，所以《世界妹》的腳本會議，舉行的次數似乎比其他動畫要多上不少。

赤坂P是說了「這是招聘葵真希奈的時候就已經預料到的事態」「我們有安排時間充裕的行程表，還請和泉老師放心」這樣的話。

雖然實在不太覺得她是個善人，但這句話真是值得信任。

——就這樣。

正當進行這些說明時，校對看來也結束了。

「很好！第五話決定稿完成了！」

真希奈小姐大大張開雙手擺出勝利姿勢。

「辛苦您了，葵老師。下次也請您照這樣好好加油。請在下次腳本會議的前一天，將第六話的初稿提交上來。」

「包～～～～～～在我身上！絕對沒有問題！」

沒有問題的機率，到目前為止是百分之四十左右。

責任編輯神樂坂小姐看著手錶發出笑容。

「喔～～今天好早就結束了呢！現在才七點而已！」

「那麼！我就先失陪了！」

我立刻站起來。

——**不了……我等你。我們一起吃晚飯嘛。**

很～～好，看來今天可以不用讓紗霧等待！

聽了草薙學長的教誨後，雖然多少有些緩和，但問題並沒有獲得解決。

即使如此，想要早點回去見到紗霧的心情還是很強烈。

當我大致上打完招呼準備要離開時……

「稍微等一下。」

真希奈小姐坐著抓住我的手腕讓我停下來。

「正宗先生，我們一起去吃晚飯吧。」

她露出滿是殷勤的笑容。

明明是年長，看起來卻比自己年輕的可愛女性——如果是普通高中男生，就會對這個場面臉紅心跳吧。

「我跟紗霧約好要一起吃晚飯，要趕快回去。」

「喔～如此恩愛真是不錯。既～然～如此的話，喝個茶就好。借我三十分鐘的時間吧。」

「咦咦……」

「……你很露骨地擺出不甘願的表情耶。對於我這種美人大姊姊的邀請，這樣會不會太失禮呢？」

「因為我想早點回去啊。」

「照平常的話，現在這時間會議也還沒結束嘛。再說，這是跟工作有關的事情。」

「既然如此的話，那我就在這邊聽妳講。」

「這裡不行～我想讓你見一個人。」

真希奈小姐發出奸笑，嘴角很邪惡地往上翹起。

「…………？」

……這個人是有什麼企圖？

雖然確定她在想些壞事情，但不知道詳細內容。

「這真的跟工作有關係嗎？」

「嗯，超級有關係喔！只要三十分鐘！只要你稍微晚一點見到最愛的女朋友，稍微默默地跟著我過來——動畫版《世界上最可愛的妹妹》的成功率，就會更加大大大大大～～～～～～幅度地提昇吧！」

「……………………………」

雖然很想拒絕這個案件，但既然她都講到這個地步那也沒辦法。

真希奈小姐雖然是個很隨便的人，也是跟經常說謊的人……

——**就說這是為了寫出全力以赴的腳本，所以無～～～論如何都必須要有的事項嘛！**

當她用這種講法時，就不會是謊話。

當葵真希奈說出「只要滿足條件，就會讓作品的成功率提昇」時，那就一定所言屬實。

所以——

「我明白了，只有三十分鐘而已喔。」

我也只能這麼說。

十五分鐘後。我跟真希奈小姐一起在飯田橋車站附近的露天咖啡廳，跟某位女性見面。

「初次見面你好。你是和泉征宗先生，對不對？」

「啊，是的。我就是。」

被對方先開口，讓我無法好好回答。

真希奈小姐要引見給我的，是位身材嬌小外觀又很年幼的女性。

跟那活潑的氛圍結合起來，看起來甚至像是國中生。但是那身以黑色為基調的成熟服裝，又默默主張著她並非是外觀那種年齡。

恐怕是跟真希奈小姐一樣，屬於合法蘿莉的類型吧。

會知道我的名字，應該是真希奈小姐事先告訴她的吧。

「呃……」

真希奈小姐，請好好介紹一下啦。

我往坐在隔壁的圓框眼鏡妹投以視線。可是她只顧著笑嘻嘻地盯著這邊看，完全沒有想要主動介紹的意思。

沒辦法，我只好自己開口。

「我是和泉征宗。那個，真希奈小姐完全沒有告訴我任何緣由。請問……妳是……」

「啊……我就知道會是那樣。」

女性露出愕然的表情，對真希奈小姐冷眼相看。這個人每個動作都很可愛呢。

她向我遞出名片……

「我是漫畫家『月見里願舞』。」

然後這麼報上名字。是有聽過的筆名，恐怕是我熟悉的漫畫的作者——可是從筆名無法立刻聯想到。

因為我「不是從作者名字，而是用作品名稱來記憶的」。

「我收下了。」

我在腦內資料庫裡搜尋「月見里願舞」的名字，同時收下名片。

翻過來一看，上頭有應該是月見里老師畫的男性角色插畫。

那是披著黑色斗篷的帥哥，看起來像是吸血鬼的裝扮。

漫畫家或插畫家的名片上頭，原來會畫上角色的插圖呢。

看到這個，我終於把「作者名字」和「作品名稱」連接起來。

難怪覺得聽過——

「妳是畫《陽光吸血鬼》的月見里老師嗎……？」

「沒錯～就是我～♪啊，不用叫我老師喔。」

果然是這樣。

真希奈小姐說「想讓我見個人」，所以原本以為會是動畫業界的人……沒想到是漫畫家老師。

哇啊……我說不定還滿感動的。

可能會有人覺得我明明連作者的名字都記不起來吧，但我是她的書迷。

拿著名片的手，稍微有些顫抖。

「那、那麼，請讓我稱呼妳月見里小姐。」

「嗯，請多指教♡征宗先生。」

她對我露出笑容。

是個高速拉近人際關係的人呢。如果不是已經習慣惠那個樣子，會變得張皇失措吧。

「哎～你在緊張什麼啊。嘻嘻，在動畫方面你們可是競爭對手，再放鬆點嘛。對吧？」

沒錯。

和泉征宗跟月見里願香「在動畫方面是競爭對手」的關係。

《陽光吸血鬼》是目前人氣急速上昇中的戰鬥系漫畫，也已經決定要動畫化。

明年四月時，電視動畫就會播放。

跟《世界上最可愛的妹妹》相同時期。

……這是好像在哪邊聽過的事情。

「啊！難道說月見里小姐是——」

——其實明年春天，我現在連載的漫畫就要被動畫化了！

——呀呼～呀呼～拍手拍手拍手拍手！

——也、就、是、說，這跟妳現在擔任腳本的什麼鬼輕小說要在相同時期播放喲♪

「那時候送挑釁影片過來的，真希奈小姐的勁敵！」

「就～是～這樣♡呵呵，我送去的影片，有稍微幫上忙嗎？」

「真是幫了個超級大的忙啊！真的非常感謝妳！沒有那個的話，我想真希奈小姐也無法發憤圖強，大概也沒辦法幫我寫腳本了！」

「喂喂喂～正宗先生～？不用跟敵人道謝也無所謂喔～」

真希奈小姐不滿地插話進來。

「而且啊，想讓這個得意忘形的漫畫家懊悔到哭出來，對我來說的確是創作意欲的來源。而且也是讓我接下工作的契機沒錯……」

不只是這樣喔。她這麼說著，並用手指戳我的臉頰。

然後露出邪惡的笑容。

「我現在最想做的！是跟你們同居，一起生活時……藉由那時候你們兄妹給我的力量，來創作出最棒的動畫！」

「真希奈小姐……」

「所以啦，一起把這傢伙徹底打垮吧！你想想，有名的機器人動畫不是也有演過嗎？對於這種贈鹽與敵的笨蛋，用拿到的東西把對方打得落花流水才稱得上禮儀！」

「嘿嘿～辦得到的話就試試看啊♪」

月見里老師很開心地吐出舌頭。

真希奈小姐則狠狠地瞪回去。

簡直就像是國中女生在吵架。

「呼呼呼……真希奈雖然擺爛了很長一段時間。但是今天的妳，倒是得意忘形得很有精神嘛。這下子可以放心，我終於也可以提起勁了呢。」

「是喔，那真是太好了。我絕對會讓妳感到後悔。」

兩人進行著幼稚的交談，看起來實在不像是成年女性。

這跟我和妖精在吵架的時候完全沒兩樣。

「嘿嘿……真希奈可以復活，真是太好了。」

真希奈小姐把月見里小姐當成最討厭的宿敵——雖然之前講過類似這樣的話。

什麼嘛……感情不是很好嗎？

「沒辦法創作動畫的腳本家，就只是頭豬嘛♪」

「妳這壞話也講得太直接了吧！就讓妳親身體會一下，我最近已經瘦下來的事實！」

「啊！妳老是那樣馬上訴諸暴力！等等，不要坐上來！好重好重好重好重！」

「妳們兩位！請不要在店裡頭吵鬧啊！」

總算把這種像小孩子的吵架阻擋下來後，我嘆了口氣。

我面向這對鬧彆扭而把頭轉開的勁敵，重新詢問說：

「所以……結果我是為了什麼才被叫來的呢？」

如果沒事的話，我想回去了。

我用眼神交流，把這沉默的意志傳達給真希奈小姐。

於是，是月見里小姐先開口。

「我們三不五時就會像這樣報告近況，今天也是滿久之前就約好了。」

這兩人果然感情很好吧。

「結果剛才真希奈突然就聯絡說『我把「和泉征宗」也帶過去』。」

也就是說，看來這是真希奈小姐獨斷的行為。

我跟月見里小姐的視線，集中到真希奈小姐身上。

「真希奈，我也差不多想知道這是怎麼一回事了。」

「呵呵呵……問得好。」

真希奈小姐很刻意地用手指推了一下眼鏡。

「我啊……有件事要跟月見里老師報告～」

「什、什麼喵？」

或許是察覺到危險的氣息，讓月見里小姐彷彿受到壓迫般往後仰。

另一方面，真希奈小姐則是好像很熟地用手搭住我的肩膀。

朝著勁敵露出邪惡的笑容。

「其實，他最近已經訂婚了！」

「啥啊啊啊啊啊啊啊啊啊啊啊啊啊啊啊啊啊啊啊啊啊啊啊！」

月見里小姐瞪大雙眼發出慘叫。

妳也驚嚇過頭了吧……真的會被趕出去喔。

「就是正宗先生跟情色漫畫老師訂婚了。」

「啊啊啊啊啊！——嗯？啥？咦？」

月見里小姐雙眼不斷開合，然後用顫抖的手指著我們。

「不是你們要訂婚嗎？」

「沒錯，這是在講正宗先生有位最深愛又超可愛的未婚妻啦！」

「竟……竟然用這麼容易混淆的講法！這樣會嚇死人啊！害我以為妳已經取得無法推翻的優

勢地位了！」

「啊哈哈哈哈！沒什麼好隱瞞的，我就是為了看到妳那絕望的表情才會帶他過來！」

「嗚哇，性格有夠爛～！拜託妳真的別這樣啦，訂婚報告這類的在女生聚會可是禁忌招式耶。那是惡魔的行徑～」

嘎嚕嚕……月見里小姐像猛獸般散發出對既婚者的敵意。

難道說她沒有異性緣嗎？……明明是個美人。

「話說，如果我被叫來這裡的理由真的只有這樣，那我要生氣嘍。」

因為說是跟工作有關的重要事情，我才會跟過來然後讓紗霧在家等待。

「放心吧，正宗先生。剛才講的理由只占了一半，另外一半是要送給為戀愛煩惱的你作為禮物。」

真希奈小姐把笑過頭而流出來的眼淚擦掉，但依舊用嬉鬧的語氣說：

「跟我們這些年長的姊姊們，聊些戀愛故事吧。」

「戀愛故事……是嗎？」

最近好像經常聽到這個詞句。

「沒錯沒錯，你應該正在煩惱吧？」

「……為什麼……」

「為什麼我會知道？那當然，因為我有段時期是跟你們住在一起嘛。現在自己熱衷的主食味道變了，那一定會發現啦。」

葵真希奈以前在知道《世界上最可愛的妹妹》的主角與女主角是用我們兄妹為模特兒來撰寫時，就熱衷地纏著我們不放。

甚至用強硬的方式跑來同居，想要就近進行觀察。

創作作品時，所需要的最棒採訪對象——所謂的主食，就是這種意思。

真希奈小姐這麼說著。

「正宗先生，你跟紗霧大人之間發生什麼了嗎？」

「嗯，要說有的話……」

「哎喲，不是跟你說有發生什麼奇妙的事情時要立刻告訴我嗎？」

「因為是今天早上才開始煩惱的啊，我自己也還沒有整理好情緒……」

老實說就算找真希奈小姐商量，我也不覺得會得到什麼好建議。

……可是，我卻想要找草薙學長進行諮詢呢……

雖然自己也沒有意識到，但我說不定很信賴那位學長。

「來，說說看嘛。想必我會聽得很開心，而你也會獲得幫助喔。」

「唔嗯……可是……」

「哎呀，我真不受信賴。」

要說不受信賴的話，的確是那樣沒錯……

要我跟湊熱鬧的人講這些，還是會有些抗拒感呢。

不知道把我內心察覺到哪種程度，真希奈小姐似乎決定改變進攻方式。她指著坐在正面的月見里小姐。

「話先說在前頭，關於戀愛方面這傢伙很值得信賴喔。畢竟經驗很豐富嘛。」

「哦哦？真希奈，就算稱讚我也不會有什麼好處喔。不過，我也的確覺得自己有許多成年人的戀愛經驗呢～～～～～♡」

被稱讚經驗豐富後，讓月見里小姐顯得有些開心。

會有這種反應的女孩子，想必經驗都不會太豐富。

惠就是個根據。

「……既然如此的話…………那請讓我諮詢一下。」

我懷抱著想抓住最後一根稻草的心情。

從草薙學長那邊獲得繞了一大圈的建議後，我重新自覺到自己有責任去接受紗霧的心意。回去之後我打算馬上跟紗霧面對面，試著好好談一談。

只不過，問題真的只有這些嗎？

這次我會那麼動搖，甚至開始躲避紗霧——

第三章

真的是因為清楚得知了紗霧對我的心意——這樣而已？

當然主要原因是這一點沒錯——

可是，總覺得並不只如此。

心裡還留有一些疙瘩。

說起來，為什麼我會那樣——對於最喜歡的人傳達的好意，無法單純地感到高興呢？為什麼無法只是感到高興就結束呢？

是感到恐懼嗎？

然後——

為什麼我現在會有「光是跟紗霧面對面也無法解決」的預感呢？

目前還沒有答案。

所以，我決定再進行一次諮詢。

「……就是這種情況。」

「原來如此喵，這次也很有趣呢。不愧是正宗先生。」

扣除掉會覺得戀愛的煩惱很有趣這點，真希奈小姐是個非常好聊天的人。

畢竟我們兄妹的祕密她全部都知道，沒有必要顧慮太多，也很擅長說明。對於沒有任何情報的月見里小姐，她也一一取得我的許可後，幫忙添上需要的補充說明。

把漫長的原作壓縮在指定的長度內——這說不定是她身為腳本家的技能。

多虧真希奈小姐，這個名為戀愛諮詢的情報交換進行得非常順利。

在我的眼前，不知為何——月見里小姐正緊閉著眼睛不斷顫抖。

真希奈小姐露出熟知內情的表情詢問：

「月見里老師～聽了正宗講的，妳有什麼感想？」

於是月見里小姐猛然睜開眼睛。

「有夠酸甜！我也好——想跟高中男生談戀愛！」

啪！當她放聲大喊時，頭頂遭受到強烈的吐嘈。

「喂，很吵耶。誰叫妳大喊自己的欲望啊。」

……難得真希奈小姐會負責吐嘈。

「嗚嗚……太過羨慕就忍不住……」

「所以，有什麼看法？講認真的。」

「真是危險呢。」

月見里小姐直截了當地說出口。跟剛才完全不同，突然轉為認真的語氣。

「我終於明白了，真希奈把征宗先生帶來這裡的理由。」

「對吧？不過，我也是想品嚐些戀愛故事就是。」

好像有某種事物，只有她們兩人能互相理解。

「那麼，可以拜託妳嗎？」

「OK。征宗先生，很不好意思……你願意聽聽看才第一次見面的姊姊講個戀愛故事嗎？」

「喔、喔喔……」

我雖然感到困惑但還是點點頭後，月見里小姐害羞地開始說起……

「我以漫畫家身分出道之前，曾經加入過某種興趣的團體。簡單說就是所謂的宅宅社群。大家一起到處玩，一起去旅行。在大家聚集的地方閒聊，看動畫或是玩桌遊……第一個男朋友也是那時候社群成員裡的前輩。我們興趣相合，他的外表也很合我的喜好，我又超可愛的……一定會這樣繼續順利進行下去，將來應該會跟這個人結婚吧。我當時這麼想著。」

嘿嘿，她害羞地笑著。

當她開始述說後，我立刻察覺到。

這是個失戀的故事。

「之後發生很多事情，雖然社群解散了……但我跟男朋友還有繼續交往下去。跟夥伴們見面的機會減少，跟男朋友的共通話題也跟著減少。不過我們還是普通地約會，也沒有發生過太嚴重的吵架……我很放心，覺得會跟這個人永遠在一起。」

既然如此，為什麼現在沒有跟那個人交往呢？

我默默等待著後續。

「最初的契機，是我商業出道的時候吧。我開始第一份連載，第一次自己去僱用別人……也因此讓我自己的漫畫，變成不再是屬於自己的事物。變成不再是可以只要樂在其中就好的事物。

漫畫變成我的工作。當時，我不顧一切地努力著。我現在從事的這個工作，可是賭上了自己的人生──那時我是這麼想的。」

她的往事，讓我能強烈地感同身受。

因為這跟自己出道當時，有許多相符的部分。

不同的地方，在於責任的多寡吧。

輕小說作家跟漫畫家最大的一個不同點，就是花費的經費金額。

為了要連載漫畫，就得要僱用助手、支付工資、備齊器具並且確保工作場所才行。僱用多少人，就會產生多少責任。

跟他們相比。

筆記型電腦──不，講極端點。我們只要有筆跟筆記本就可以工作，比起來真的是很輕鬆。

雖然商業作家經常被說是在賭博，但漫畫家在這裡頭也是風險特別高的行業吧。畢竟從連載開始到結束為止，都必須持續花費大筆金錢。

月見里小姐述說的初次連載的壓力，絕對超乎我的想像。

「──就這樣，當連載開始後，我跟男朋友見面的機會就大幅地減少。對方也是在新的環境裡，建立起全新的人際關係……似乎很忙碌的樣子。即使如此……現在回想起來，他還是很關切著我。會頻繁地打電話給我，三不五時就找我出去約會。不管是生日還是紀念日……他也都有為我慶祝。可是我，卻沒有那些空閒。」

以連載中的漫畫為基礎的動畫企畫，開始進行了——月見里小姐這麼說著，並露出寂寞的微笑。

動畫版似乎變成跟原作漫畫有巨大差異的原創故事。

當月見里小姐把這件事說出口時，有一瞬間露出苦悶的表情。

「畢竟那是工作上了軌道，一切都很順利，終於開始覺得愉快的時候。正因為不再只是感到痛苦——所以才沒有談戀愛的空閒呢。只不過我很喜歡他，總有一天要成為新娘也是我的夢想……所以啊，當時的我這麼想著。」

「當動畫版順利完成，全部都結束後——我會好好面對他，然後就要結婚！」

「————」

我感覺到一切都聯繫起來。

「這故事好像在那聽過對吧，正宗先生？」

真希奈小姐這麼說著。

「…………」

月見里小姐用難以言喻的表情看著我。

胃部感到一陣絞痛。

這跟今天早上避開紗霧好意的那個時候，是非常相似的心情。

月見里小姐用紅茶潤了嘴唇後，把話題從戀情上稍微移開。

「我們的工作雖然是賭博，但是要一決勝負的人是我，背負最大風險的人也是我，決定下多少賭金的還是我。可是，動畫就不同了。要一決勝負的人是我們，負起最大責任的是製作人，在最前線工作的是導演。然後賭金是除了我們以外的某人（贊助商），不斷又不斷地下注而來。那部是一季的動畫……說得也是，感覺就像是花了兩億六千萬圓找來的代打呢。」

「……這是打算讓我的胃破裂掉嗎？」

從眾多同行那邊聽來的體驗之中……這個人，竟然用了最苛刻的比喻。

「我是沒有那種打算……但是征宗先生，只有這點你要記住。跨媒體製作，絕對不能允許失敗喔。無論如何都必須讓它成功才行。所有人都將各自重要的事物當成賭注，也背負了粉絲們的期待，還被下注了金額龐大到難以想像的金錢——我們無法逃跑。可是如果失敗的話，一切都會全部白費掉。」

「真是恐怖呢。」

「嗯，很恐怖。而我，則將全部一切都賭在如此恐怖的事物上。不管是作家生命，還是想要成為新娘這個從孩童時期就懷抱至今的夢想，甚至連重要的初戀都全部賭上去。」

哈哈，她天真無邪地笑著。

但眼眸卻顯得昏暗混濁。她當時，也是用這種眼神來面臨人生中最重大的工作吧。

「那時我相信只要贏了就可以回本個好幾倍嘛。當時的我，應該是很非常惹人厭的傢伙。無比拚命，腦袋裡只想著要讓動畫成功，每一天盡是些痛苦的事情，要不然就是不如意的事情，情緒總是很焦躁。對男朋友也是完全不屑一顧，根本不算是個好女友。」

月見里小姐害羞地搔搔臉頰。

「所以啦，嗯，我就被甩掉了……嘿嘿。」

這也是無可奈何呢～～～她用誇張的動作趴到桌子上。

「不知不覺間，我沒有選擇戀愛，而是選擇了工作嘛。」

而真希奈小姐則斜眼對著這位勁敵說：

「啊啊……就算在人生的重大勝負中獲勝，也無法實現結婚的夢想。甚至將男朋友當成活祭品，貢獻給決定要動畫化第二季的作品。真不愧是月見里老師！原作者的典範！」

妳是惡鬼喔。剛才這種沉重到爆炸的往事，真虧妳還敢開玩笑。

「動畫成功了……是這樣吧。」

「嗯，算是成功了。畢竟能製作到第二季，也多了許多新粉絲，我想大家都很高興。真的只有這點算是救贖。嘿嘿……我的人生規劃倒是變得亂七八糟呢……」

「順帶一提，相同時期一起上映的梅露露比較暢銷喔。」

「囉唆啦，笨蛋！下次就會贏了啦！」

不好。

看到這兩人的交談，就逐漸覺得連我自己都是站在反派這邊了。

「所以啦，月見里老師。請給這段漫長的戀愛故事下個結論。」

「年長的男朋友實在爛透了！下次絕對要找年紀小的！我要跟高中男生談戀愛！」

「不是講妳的願望……是要給正宗先生戀愛方面的建議啦。」

「啊，那邊嗎？呃……那麼，咳咳。」

月見里小姐輕咳一聲後，朝著我伸出手。

「征宗先生！你打算——同時兼顧工作與戀愛，這是非——常危險的事情！如果不想跟姊姊我一樣重蹈覆轍，就要仔細思考，親自做出選擇才行喔～」

「這是指工作跟戀愛要選擇哪一邊的意思？然後不要讓自己後悔？」

「噗噗～不管選哪邊都會後悔啦！我就是根據！直到現在我都還會感到後悔，如果當時有好好關心男朋友的話，那『現在早已經結婚了吧』。」

她是個會用輕挑語氣，講出沉重台詞的人。

「反過來說，如果當時結婚了……那動畫搞不好就會失敗呢。那樣子，說不定就會抱著『如果更拚命工作就好了』這種心情後悔。所以根本沒有正確答案喲。」

「那這樣……」

「我在人生中最後悔的事情，是不知不覺間就把戀愛捨棄掉，然後回過神來才注意到。如果有『這是自己的選擇』的實際感受……我想就可以看得更開吧。」

「這份忠告我會銘記在心。但是，我不會選擇任何一邊。」

「因為你的工作跟戀愛，是完全融合在一起的關係？」

「是的。」

講到我跟紗霧的戀愛時，無法把工作排除在外。

兩人的夢想，將我們結合起來。

讓紗霧獲得幸福，對我而言就等於是實現夢想。

實在無法想像，自己去放棄其中一邊。

「我永遠都會選擇紗霧。可是，只要不發生太重大的事故，不管夢想還是戀愛我都不會放棄。」

「……那不是很好嗎？既然你已經這麼決定的話。對於講什麼都沒有用的人，我也沒辦法給予建議嘛。」

這與其說是能接受，更像是放棄治療的想法。但是總覺得……也像是想要守護惹人憐愛事物的聲色。

「跟月見里小姐聊天後……讓我領悟了一件事。」

「哼嗯？」

那就是我到底在害怕什麼事物。

「……我很害怕動畫。」

「有本領高超的腳本家當同伴，還由資深的監督、廣受好評的動畫公司跟工作室來製作……明明一切看起來都這麼順利？」

「動畫對我而言是個巨大的賭博。」

「不是賭博喔，那是黑暗遊戲。」

即使贏了，賭金也不會回來嘛──月見里小姐可愛地噘起嘴唇。

「不管夢想還是戀愛，真的都不是可以拿來賭博的事物。」

「太遲啦，妳都已經賭超多下去了嘛。」

「嗯，知道啦。這我超懂的。」

「動畫是很恐怖的事物，其實我從一開始就很清楚了。前輩們都有不斷給我忠告，也聽過許多親身體驗……我下定決心，賭上自己的夢想與戀情……原本是這麼打算的。可是……紗霧也跟我一樣，賭上了許多事物。」

昨晚──知道這件事後，讓我開始感到害怕。

如果失敗的話，許多事物都會白費掉。

夢想會破碎，幸福會遠離。我們的感情，說不定也無法像過去那樣融洽。

──真笨耶～動畫化又不是什麼大不了的事情，不用那麼緊張啦。

雖然妖精這麼講來鼓勵我……但是害怕的事情就是會害怕。

對恐懼的真實面貌有所自覺後，會變得更加害怕。

啊啊……好恐怖。真的好恐怖。

恐怖到製作很順利這件事，都會整個被吹跑。

我臉色發青，看著顫抖的手。

這時。

「正宗先生。」

真希奈小姐用手肘頂了頂我的胸口。

「跟我說的一樣，成功率大幅提昇了對吧？」

「是這樣子嗎？感覺只是變得更害怕而已……」

「我想要一起工作的人！是那種明明超級害怕，卻還是踩下油門爭取勝利的傢伙！只要你依舊保持這種態度，我就會陪著你直到最後啦！」

唰！真希奈小姐對我豎起大拇指。

「喂，那邊的傢伙。妳幹嘛耍帥來賺取高中男生的好感度啊？按照順序，接下來就是真希奈的戀愛故事吧？就麻煩妳講那個吧，因為暗戀上姊姊的男朋友結果變成家裡蹲的超尷尬故事！」

「不要提起那件事！」

合法蘿莉們又開始扭打在一起。

我放棄制止，起身站起來。

「我就先先陪了，今天各方面真的很感謝妳們。」

「喔！」

雙方都回以勇猛的回應。

「啊，對了——征宗先生。」

月見里小姐對真希奈小姐使出頭部固定技，並同時對著要離開的我說：

「我最討厭動畫這類東西了！絕對不想再幹第二次！雖然是認真這麼想，但也正因為如此，如果要做的話我就要獲勝。」

她笑著露出雪白的牙齒，把兩根手指擺在臉旁。

「當然，我可不會輸給你們喔♡」

同時期播放的其他動畫雖然是競爭對手，但也不是互相敵對的立場。

這並不是在發起戰爭，也不像運動競技那樣會直接對決。

可是像月見里小姐這樣把夢想、戀愛、希望，所有一切都賭在動畫上毅然實行突擊，讓我覺得她就像是歷史上的英雄。

我正在面對的恐懼，她是已經跨越過去的人。

可愛又充滿好意，還給我許多詳細的忠告——身為原作者的大前輩。

這讓我強烈認識到。

第三章

她就是堵在我們夢想前方的最後一名敵人。

eromanga sensei

回到家裡的路上，我一直在思考。

昨晚，我知道了紗霧的心意。

今晨，我開始躲避紗霧。

我感到煩惱，跟許多人討論戀愛故事，獲得許許多多的建議。

沒想到，還進行了自我分析。

害怕的事物，也判別出真面貌。

跟紗霧見面後，首先要對避著她還有讓她感到不安這些事情進行道歉。然後將聽到紗霧講戀愛故事的事情老實說出來，再來好好地對話。

「紗霧！我回來了！」

我灌注決心後打開玄關的門。

結果——

「……歡、歡迎回來，哥哥。」

我就這麼握著門把陷入凍結。

因為做好各種覺悟踏進家門後，卻有女僕跑出來迎接我。

那不是校慶時看到的那種追求寫實的類型，而是像村征學姊穿的那種，單純為了追求可愛的黑白色服裝。

頭上還戴著兔耳髮箍。

第三章

身穿這種超絕賣萌女僕裝的人，當然是紗霧——

「？？？？？」

問號符號從我的頭頂冒出來，然後消失在天空中。

「……這、這這這、這是怎麼了……那服裝是？」

雖然這太過楚楚可憐，差點害我失去意識……

當我這麼一問，化身為兔耳女僕的紗霧，臉頰害羞地染上紅暈並低下頭。

「因為，早上你的樣子很奇怪……所以……想讓你打起精神。」

「是、是嗎？雖然搞不太懂……但是，謝謝？」

「嘿嘿……不客氣。」

老實說，我超級困惑。

這是什麼狀況……？

為什麼，我家會轉變成不正經的秋葉原系店鋪……？

原本想講些嚴肅的話題，但是看起來現在氣氛變得並不適合講那些。

「那身服裝，是從哪裡找出來的？」

「是從媽媽的衣物間找到的。」

那個房間什麼都有耶。原來如此，這就是初代情色漫畫老師的品味啊。

難怪會露出那麼多肌膚。

太棒了，天國的媽媽。請妳好好期待明天的供品。

「那個，紗霧……我有很多重要的事情要講，但在那之前可以問一下嗎？」

「嗯，什麼事？」

「到底是怎麼樣瘋狂的思考，才讓妳獲得這樣的結論？」

「在網路上認識的朋友說『妳就穿上這個化身為新妻妹妹吧！』，還說『跟老哥一起玩色色的遊戲就好！』這樣子。」

「誰啊！教我妹妹這些奇怪事情的噁心肥宅是誰！」

就這樣。

我們重要的交談，出乎預料地是從這種滑稽的氣氛下開始。

情色漫畫老師
ero manga sensei
第四章

第四章

那天晚上——

在紗霧的房間裡，進行著我跟紗霧的對談。

這不是腳本會議，而是家族會議……不，應該說戀人會議才對。

這是不管是哪裡的夫妻，還是哪種情侶，自古以來進行過無數次的重要儀式吧。

推心置腹地交談，解決問題，建構起更加親密的關係。

「紗霧，我啊……」

我對促膝坐著的紗霧開口說：

「有好多話想要對妳說。」

紗霧「……嗯」地回應，並微微點頭。

「……我也有好多話，想對哥哥……說。」

她身穿女僕裝扮，在不勉強自己的情況下這麼說。

「這樣啊。」

我也露出微笑回答。

「……那這樣，就照順序說吧。」

「嗯……跟平常一樣。」

「是啊，跟平常一樣。」

我們溫和……又平穩地交談。

跟平常一樣……啊。

這麼說來，是這樣沒錯。

第一次跟紗霧交談，也是在這個地方吧。

——**我是！寫了《轉生銀狼》的和泉征宗！**

看到《轉生銀狼》的完結紀念插畫，知道紗霧的真實身分事情色漫畫老師，了解其中真正含意的那一天。

在這個從見面以後就一直沒有開啟過，當時被稱為「不敞開的房間」的紗霧房間裡。

我們兄妹，第一次好好看著對方的臉來進行交談。

在那之後經過一年以上的時間——

「我們好幾次像這樣對談呢。」

「嗯，好幾次像這樣……討論著夢想。」

「也有吵過架。」

「那大多都是哥哥不好。」

「沒這回事吧。」

「就是有。」

「妳才是吧，老是在這個房間引發騷動。」

「很愉快對吧？」

「算是啦。」

實況轉播時，忘了關掉攝影機差點暴露真實身分。

把同班同學帶進來後竟然脫掉對方的內褲。

穿著夏日祭典的服裝，在這裡吃棉花糖。

待在這個房間裡頭，然後透過電腦出門前往各式各樣的地方。

跟世界上最可愛的家裡蹲妹妹之間的故事，總是以這個房間作為舞台。

紗霧引發的騷動，我總是被耍得團團轉——

每一次騷動，都讓我們的關係逐漸產生變化。

羈絆也越來越深。

那真的很愉快。

所以今天，也要那麼做。

「首先，我有事情要向紗霧道歉。」

「嗚哇，這絕對是我會生氣的事情……」

「嗯……我想是那樣沒錯。」

「唔……」

紗霧鼓起臉頰，瞇著眼說：

「你說說看。」

「昨天啊，紗霧妳們……不是在客廳聊戀愛故事嗎？」

「………」

「那時候，其實我也在旁邊聽。藉由愛爾咪的引路。」

「咦咦咦……！是、是從哪邊開始聽……？」

「正好是從紗霧開始講喜歡我什麼地方的時候聽起。」

「啊啊啊啊啊啊～～！」

紗霧滿臉通紅地大喊。她用手壓住發燙的臉頰，嘴唇也整個癱軟下來。

「因、因為是『哥哥不在的地方』人家才講出真心話的說！我一直講些太過羞恥所以絕對沒辦法直接講出口的話耶！」

「我全部聽見了，抱歉。」

「怎麼可能光道歉就算了～～～～～～～～～～～～～～～～～～～～！」

紗霧眼角泛著淚光，不斷敲打我的頭。

「討厭！真真真、真是的！哥哥是笨蛋！」

「好痛，很痛耶。」

「因為對象都是女孩子，人家才講得那麼高興的啊～～！竟然跑來聽真是太狡猾了！為～～什麼哥哥老是做些讓我覺得很羞恥的事情～～～～～～！」

因為很可愛。

雖然這也占了很大一部分，但不只是這樣。

「紗霧講的戀愛故事是什麼內容！這無論如何我都會很在意嘛！妳如果站在相反立場，也會做出一樣的事情吧！」

「嗚嗚……雖然是那樣沒錯！但你這不是被罵的人該有的態度！」

「真的是非常抱歉！」

我全力對妹妹下跪磕頭。

很厲害吧。這種體驗，普通的人生可絕對遇不到。

不，講真的……這是第幾次向妹妹下跪了啊？

「請妳原諒我！」

「………………………原諒你。」

「喔喔！」

「可是，會暫時記恨一陣子。」

那不就是沒原諒嗎？

女孩子就是會有這種情況呢。

不過，這是我不對。得接納這點，繼續道歉下去……

當我默默低著頭時，位在天上的妹妹大人，降下這樣的話語：

「……所以？」

「啥？」我抬起頭來。「所以……這是指？」

「你有什麼想法？那個……就、就是……聽了我的……戀愛故事。」

「喂、喂喂……這意思是……要我陳述感想嗎？就是聽了『關於喜歡我什麼地方』的想法？」

「沒、沒錯。」

紗霧移開視線，噘起嘴唇說著。

「這樣才真的是羞死人了吧！」

我放聲大喊，於是紗霧也不服輸地大聲說：

「別、別管那麼多啦——快說！你擅自聽我講那些情話——有什麼想法！」

「我的臉都快要噴火了啊！」

順勢講出口的這句話，是我的真心話。

「太過高興又很害臊，感覺好像快暈過去……！甚至連京香姑姑穿那半透明睡衣的模樣都快從記憶中被吹跑了！」

「色鬼！你在看哪邊啊！」

啪！我的腦袋挨了一記手刀。

我有一瞬間感到膽怯，但輕輕按著被打的頭部後繼續說下去。

「紗霧會像那樣——愛慕我到那種程度……我完全沒有注意到。」

「……哥哥你喔。」

紗霧雙手交叉在胸前，斜眼瞪著我。

「『自己喜歡紗霧的心情』絕對要強上許多，你絕對是這麼想的吧？」

「嗯……因為我真的……非常…………喜歡妳。」

「唉……真是笨蛋……明明都聽過我的告白了。」

——我喜歡你。

——從第一次相遇的很久以前開始……我就喜歡上你了。

——跟兩年前初次相遇時比起來，我現在更加更加喜歡你。

——謝謝你願意喜歡上我。

——你願意永遠跟我在一起……這讓我非常非常地……開心。

——請你跟我交往。然後……

——將來有一天，請讓我成為你的新娘。

啊啊……

「……說得也是。我從紗霧那邊……接受到熱烈的……愛情告白了。」

「被、被這樣重新提起……啊嗚嗚……」

紗霧全身上下，都冒出彷彿剛洗好澡的熱氣。

「人家明明是用盡全力說出口的……」

接著，她抬頭看著我……

「我講的話……難道還不夠嗎？」

「當然沒那回事。」

我搖搖頭，表達強烈的否定。

「我當然不是忘掉，也不是懷疑紗霧說的話……即使如此，我仍舊認為一定是自己喜歡的程度比較強烈。因為，我就是如此喜歡著紗霧。」

「……我想要冰枕！好想把腦袋跟臉冷卻一下！」

由於太過害羞，讓紗霧用雙手摀住臉龐。

我毫不在意，繼續一臉認真地說：

「紗霧，妳要仔細聽啊。我是認真這麼說的。」

「就是你認真這麼說才會變成這樣啊！咳咳咳……」

紗霧嗆到了。她大動作地說：

「可、可是！這樣你就懂了吧？我、我對……對哥哥……才、才是最喜歡的——」

「不，這很難說吧。」

「咦咦！」

「我覺得果然還是我比較喜歡紗霧。」

「哥哥，你剛才都在聽我講些什麼啊？」

「紗霧比我想像中的還要更加更加喜歡我——這一點有確實傳達過來，我也能清楚理解。」

「那、那這樣……」

「可是，即使聽了這些……我認為還是自己比較喜歡紗霧。」

「噗噗！我才比較喜歡哥哥！」

「不，絕對是我比較喜歡妳！」

「我才比較喜歡！絕對絕對是我比較喜歡嘛！」

「咕唔唔……妳也是個講不聽的傢伙呢！」

「你才是！」

不毛的爭論持續了一陣子——

不知不覺間，已經過了十分鐘以上的時間。

然後突然間，兩人不知不覺就回過神來。

「…………………………………………」

「…………………………」

「……這、這個話題還是就此打住吧。」

「嗯、嗯……」

我們……這是多麼羞恥的情侶吵架啊……

兩個人一起臉紅起來。

……這會是一輩子的羞恥吧。

哪天就突然想起來，然後每次都會陷入苦悶。

「不過，那個……就是……」

我強硬地修正話題。

「這次的事情……確實讓我比以前……更加理解紗霧對我的心意。」

「真的嗎？」

紗霧對我投以懷疑的眼神。

「嗯，是真的。所以，該怎麼講……」

我回想起當時的心情，同時這麼說：

「我感到非常開心，也相當害羞，回到房間以後還苦悶了一陣子……」

「嗯、嗯……聽得我也快苦悶起來了……」

「可是，突然冷靜下來時——就變得害怕起來。」

「害怕？害怕什麼？」

紗霧微微側著頭訊問。

「就是我們的夢想。我非常非常喜歡紗霧……痛苦的事情我想要幫妳全部趕跑……想要讓妳歡笑……想要讓妳比現在更加幸福，於是誕生了夢想。」

——**讓它成為我們兩人的夢想吧。**

「由我們兩人開始的夢想，逐漸變得龐大起來……變得似乎觸手可及……每天都很忙碌，很快樂……可是，萬一——失敗的話呢？」

我不禁顫抖。

「全部都會白費掉。」

「紗霧喜歡我的程度，遠比我至今所認為的還要強烈……兩人的夢想裡，也賭上了許多事物——既然如此！為了想讓紗霧幸福而開始的夢想……一定會讓妳感到哀傷，讓妳哭泣。我想要去做的事情，全部都會倒轉變成反效果！」

「……哥哥。」

「我很害怕這件事。」

「所以……今天早上的神情才會變得很奇怪……？」

「……嗯，對不起。」

以前因為某件事，讓我開始躲著紗霧時。

明明都讓她感到那麼不安了……這次卻又重蹈覆轍。

「真的是喔……」

「………………」

我低著頭，雙拳壓在膝蓋上頭。

自己的肩膀在顫抖這我也有自覺。開口說出來後……我又變得害怕起來。

說真的，我實在不想讓喜歡的人看到這種沒出息的樣子……

這時。

「真拿你沒辦法呢，哥哥。」

一股輕柔甘甜的香味，還有柔軟的感觸將我包覆起來。

「咦？啊……紗、紗霧？」

看來我的臉似乎是被她擁抱住。

噗通噗通鼓動著的心臟聲，是紗霧的還是我的呢——兩者混合在一起，已經搞不清楚。

「你是那麼地……不想讓我哭泣呢。」

她在我耳邊低語著。

「是那麼地……不想讓我感到哀傷呢。」

「……是啊。」

「好高興。」紗霧每次低語，都讓我背脊為之顫抖。「可是，我也一樣。」

「紗霧也……一樣？」

「嗯，我也……不想讓哥哥哭泣，不想讓正宗感到哀傷。所以……會害怕夢想失敗。會害怕——越來越接近夢想實現。」

我有強烈的共鳴，因為這是我無法順利化為言語說出來的部分。

「從最初開始，我就一直這麼想著。因為……我從一開始……就知道了。哥哥非常非常喜歡我……為了我而想要實現夢想。」

「這樣啊……」

說得沒錯。我昨晚感到的恐懼，紗霧從更早以前的階段就已經在背負了。

「我們的夢想，是非常沉重的喔。到現在才察覺……你真的很遲鈍呢。」

……這根本無法辯解。

紗霧溫柔地抱著我的頭。

「……沒關係喔。就算很沉重，就算很恐怖，我們兩人也會在一起。」

「……嗯。」

「即使未來發生多麼嚴重的問題……我都會讓哥哥獲得幸福。」

紗霧把跟以前相同的台詞，這次對著我再說一次。

我感覺到內心被溫暖的事物給填滿。

也感覺到恐懼緩和了下來。

「所以……哥哥要讓我獲得幸福喔。」

「嗯……不管將來發生什麼事情……我都會讓紗霧獲得幸福。」

「……嗯……只有這樣？」

「不。我也……會讓紗霧為我帶來幸福。」

「嗯！」

總算聽到想聽的話了——這就像是那樣開朗的聲音。

紗霧彷彿像在對待年幼的弟弟般，她把手擺在我的肩膀上，緩緩往下壓。

她的微笑，就在我眼前。

「哥哥。」

紗霧輕輕伸出小指頭。

我也「嗯」地點點頭。把自己的小指，跟她的小指纏在一起。

「「約好了。」」

那是要互相療癒對方的溫柔約定。
兩人一起勾了小指。
「……看，已經不害怕了吧？」
「已經不害怕。不……雖然會怕，但已經沒事了。」
因為我又再次喜歡上紗霧。
即使夢想破滅，我也很清楚我們兩人會一起跨越難關。
「那就好。」
「謝謝妳，紗霧。」
「不客氣。」
她嘻嘻地笑了。這時紗霧發出「啊，對了。」的開朗聲音並拍著手。
「我來對哥哥施展朋友教的『魔法』好了。」
「那是什麼？」
「呵呵，好啦好啦——那這樣，你到那邊床上仰倘著。」
「……這是要開始做什麼啊。」
紗霧這傢伙，真虧她敢讓我躺到自己的床上……
每次都會變成危險的發展呢……京香姑姑現在應該不在家吧？
「來嘛，快點快點。」

紗霧催促著有點不甘願的我。結果，我還是只能照她說的去做。
這就是所謂，愛情是盲目的吧。
「這、這樣嗎？」
我按照指示，仰倘在紗霧的床上。
「閉上眼睛。」
「……………」
她真的很喜歡要我閉上眼睛耶。
「快點。」
「好好好。」
我按照命令閉上雙眼。
到底會發生什麼呢……當我抱持七分期待，三分不安的心情時——
就發覺腹部有個柔軟的事物壓上來。
雖然不會重……但這重量很熟悉。
「喂、喂喂……紗霧？」
當我在意地睜開眼睛時，就看到充滿破壞力的情景出現在眼前。
紗霧整個人騎到我的腹部上。
「啊，我還沒有說可以睜開眼睛。」

「這、這是在幹嘛？」

「哼哼……看了就知道吧，我騎在哥哥身上。」

照這樣看來，她跟往常一樣沒別的意思吧。

只不過紗霧啊，這個姿勢……是不是很危險？

紗霧的全身都納入視野裡，光是這樣往上看就讓人臉紅心跳。

隔著一塊布料，大腿的感觸就……

如果這是戀愛喜劇輕小說的話，女主角會使用「這個姿勢」，一定是故事到了後半吧。

「那個……紗霧？這就是，魔法……？」

「嗯。用這個姿勢——————再這樣。」

啪，我的臉突然被甩了個巴掌。

「好痛！什——什麼……」

我搞不懂這什麼意思，只能感到困惑。

？？？？？什麼？為什麼我會被紗霧甩巴掌？

搞不懂這什麼意思……身穿女僕裝的妹妹騎到我身上，然後突然動手打人……

真的完全搞不懂是什麼意思啊！

「呼～」

紗霧露出完成使命的表情說：

「照我聽來的內容，這樣似乎可以讓男女的羈絆變得更加深厚。」

「這種隨口胡謅的話，妳是從哪邊聽來的？」

「是個叫小桐桐的女高中生朋友，她說是靠這招才能讓喜歡的人陷入熱戀。」

「這只是因為那個男生很Ｍ而已吧！」

被女孩子騎到身上甩巴掌就陷入熱戀，真是難以想像的變態！

受到我全力吐嘈後，紗霧用好像很懂的態度點點頭。

「也有那種可能性。可是，因為她炫耀得太有自信……所以我姑且試一下。」

「啊，是喔。」

「所以——如何？有效果嗎？」

紗霧天真無邪地這麼問。

怎麼可能會有！雖然很想這樣大喊……但實際上……

「說不定……有效果。」

「果然哥哥也很Ｍ嗎？」

「什麼叫做果然啊，才不是。只不過——像這樣莫名其妙地被甩巴掌後，總之就不會再跟對方客氣了。如果想要推心置腹地講話，這樣說不定是不錯。」

「嗯嗯。」

而且……緊貼度很高，讓人產生色色的情緒。

不過這實在不敢說出口，取而代之的……

「嘿咻！」

「哇！」

我猛力抬起身體，把紗霧的臉抱到自己胸口。然後就這麼仰躺下去。

「哥——哥哥！怎、怎麼了！」

「這是回禮。」

擁抱她臉龐的雙手，溫柔地使力。

緊貼度明明比剛才還要高，但是邪念卻逐漸變得薄弱。

只有憐愛的心情，從內心滿溢而出。

當我輕撫她的頭時，紗霧做出像是鬧脾氣的動作。

「唔……又把人家當成小孩子……」

「我說過這是回禮吧。總覺得我老是向妳撒嬌，明明比較年長又是哥哥。」

「因為哥哥會讓人想要給你撒嬌嘛。」

「作為女孩子給我的評價，這是好還是壞呢？」

感覺似乎不算好評價，我的矜持發出巨響並且開始崩塌。

沮喪地嘆口氣後，紗霧「嘿！」地用手指捏住我臉頰的兩側。

由於被捏住的關係，讓我發出「乾嘛啦」的奇怪聲音。

「……我也要回禮。」

「？」

當我還沒能理解她的意圖時，紗霧就這樣用很自然的動作，從我那鬆緩的拘束中逃脫。然後婉轉地……變成將我壓在底下的姿勢。

接著……

「————」

咚咚。

用雙手在我仰躺的臉旁邊敲打。

這是跟平常不同意思的——敲地板。

紗霧那露出妖艷笑容的臉龐，就近在眼前。

「……有嚇一跳嗎？」

「嗯……難道說……這也是魔法嗎？」

「不是喔。」

紗霧稍微搖搖頭，視線完全沒有改變。

她筆直注視著我。

「我一直想試試看這種情境。因為平常都是我在感到害羞——偶爾這樣，也不錯吧。」

「是——嗎？」

我有股奇妙的預感，這讓嘴裡迅速變得口乾舌燥。

無法好好說出口。

當我陷入沉默，紗霧就也什麼都不說。

「…………………………………………」

「…………………………………………」

在這意義深遠的沉默之中，我們暫時注視著對方。

這時我注意到。

紗霧的臉龐正微微地……靠近過來。

「咦？咦？」

像是對我的不知所措感到愉悅，紗霧她……

「呵呵。」

發出嫣然的笑聲。

「喂、喂喂……紗、紗霧？」

「如果只是這樣的話，應該不算違背……跟小京香的約定吧？」

每當紗霧說話時，她的呼氣都會碰觸到嘴唇。

嬌小上唇的動作，吸引住我的目光。

甘甜到彷彿讓人麻痺的香氣，讓我陷入酩酊。

緩緩地，慢慢地……彷彿要使人焦急般，她的臉龐靠近過來——

「————」

我像少女般緊閉上眼睛——就在這時候。

「戀愛喜劇就到此為止！」

有如雷鳴般的聲音轟響，陽台的窗戶被打開來。

如同要切斷甘甜氣氛般現身的……

「小妖精！」

是身穿紅色服裝的金髮美少女——山田妖精。

「呼呵呵呵……」

她保持著打開窗戶的姿勢，無所畏懼地笑著。

「征宗！紗霧！讓你們久等啦——主角在此登場！」

妖精用開朗的聲音大喊，並大動作地往旁邊揮動手臂來虛張聲勢。

然後，即使理解了一切還是挺起胸膛……

「本小姐前來逆轉戰局啦！」

威風凜凜地預告勝利。

後記

我是伏見つかさ。

大家新年快樂。

然後，在此非常感謝各位能把情色漫畫老師第十一集拿在手上。

終於來到十一集。

本作的集數，終於快要追過在第十二集完結的前作。

總覺得才剛在不久之前開始撰寫本系列作的，沒想到已經過那麼久了呢……真是感慨良多。

「超過前作的集數」這件事，對我而言也是本系列作開始時定下的目標之一，我務必想要將它達成。當然從現在開始的內容，也會努力寫得更加有趣。還請大家務必好好期待。

一月十六日時，《情色漫畫老師》的ＯＶＡ終於就要發售。（註：此指２０１９年）

各話的標題分別是……

〈山田妖精的情歌〉

〈和泉紗霧的初吻〉

撰寫這篇後記時，我也還沒有看過完成版。
想必一定會變成非常優秀的影像，這讓我十分期待。
不只是作為原作者，我也會作為一位粉絲，跟大家一起坐立不安地等待發售日到來。

二〇一九年的目標。
想在今年內推出《情色漫畫老師》的第十二集。
也要完成《我的妹妹哪有這麼可愛！if》。
我想讓正職的執筆速度恢復，藉此達成這兩項目標。
今年也請大家多多關照《情色漫畫老師》。

二〇一八年十一月　伏見つかさ

從零開始的魔法書 1~11（完）

Kadokawa Fantastic Novels

作者：虎走かける　插畫：しずまよしのり

這世上既有「魔術」也有「魔法」，
還有一個墮獸人與魔女共存的村莊——

克服了在北方祭壇遭遇的難關，傭兵與零回到本已化作廢村的故鄉。他如願開了一間酒館，並與成為占卜師的零還有志願前來的村民們一起復興村莊——不只零與傭兵的新生活點滴，還特別收錄了三篇稀有短篇。系列作特別篇在此登場！

各 **NT$180~240/HK$55~75**

Sword Art Online刀劍神域 1~21 待續

Kadokawa Fantastic Novels

作者：川原 礫　插畫：abec

在九死一生的殘酷狀況之下，
桐人將挑戰充滿謎團的「VRMMOSVG」！

桐人與亞絲娜從「Underworld」回來之後已經過了一個月。兩人身邊還可以看見獲得實體的愛麗絲身影。但是這樣的平穩突然就被破壞。三個人突然被捲入謎樣遊戲「Unital ring」，桐人在遊戲一開始便失去所有愛用的裝備，身上只剩下一條內褲……？

各 **NT$190~260/HK$50~75**

魔法科高中的劣等生 1~26 待續

Kadokawa Fantastic Novels

作者：佐島 勤　插畫：石田可奈

全世界魔法師即將爆發衝突的這時候，
達也的能力將受到考驗!!

在莉娜來到達也身邊的七十一小時前，STARS總部基地發生叛亂，副隊長卡諾普斯陷入絕境。另一方面，莉娜經達也兄妹安排，將藏身處轉移到三宅島東方約五十公里處，實質上由四葉家統治的「巳燒島」。然後，光宣再度開始襲擊醫院要帶走水波……

各 NT$180~280/HK$50~76

乃木坂明日夏的祕密 1 待續

Kadokawa Fantastic Novels

作者：五十嵐雄策　插畫：しゃあ

那個「春香」的女兒接棒！
下個世代的祕密愛情喜劇再上演!!

我的同班同學乃木坂明日夏是學園頂尖偶像。由於是動漫研究會的社員，她也精通秋葉原系方面的知識，不過她其實有個祕密。想要與人稱「白銀星屑」，自小仰慕的姊姊看齊，「偽秋葉原系」的明日夏，和我這名「輕度愛好者」一同展開充滿祕密的日子——

NT$250/HK$83

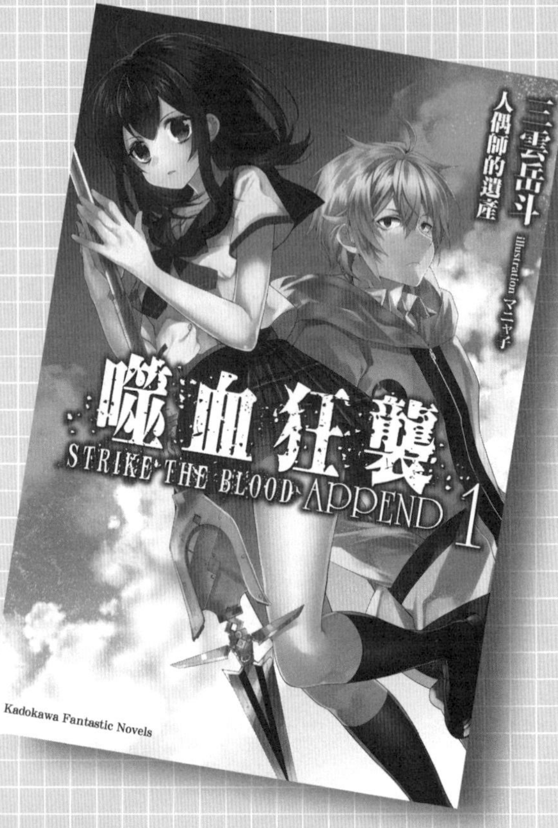

噬血狂襲APPEND 1 待續

Kadokawa Fantastic Novels

作者：三雲岳斗　插畫：マニャ子

《噬血狂襲》首部番外篇！
四段短篇譜成另一段「聖者的右臂」的故事。

人工生命體亞絲塔露蒂得到第四真祖的魔力，人偶師薩卡利心生覬覦而有所動作。他的最高傑作「殺人人偶史娃妮塔」的威脅已然逼近，此時，古城感染了「吸血鬼感冒」！另外，紗矢華奉獅子王機關之命獨力追查人偶師下落，卻遇上預料外的強敵！

NT$200/HK$67

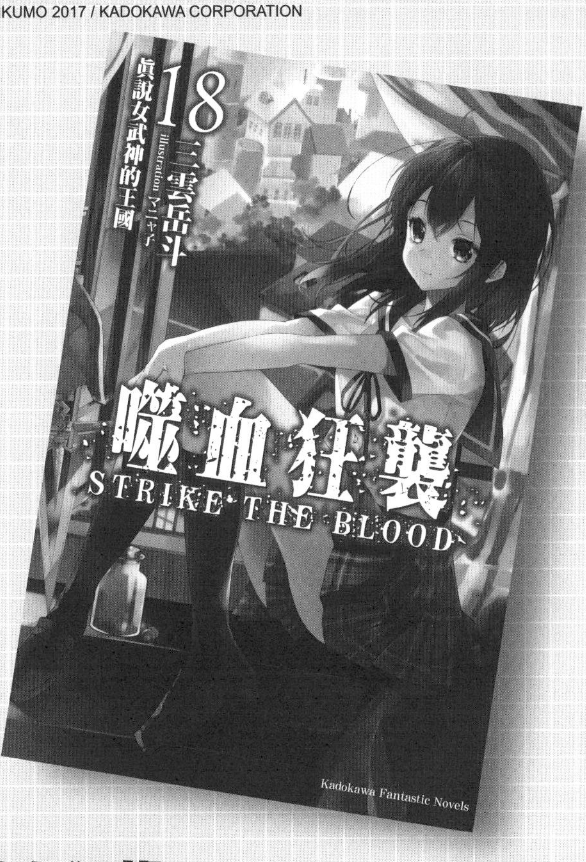

噬血狂襲 1~18 待續

Kadokawa Fantastic Novels

作者：三雲岳斗　插畫：マニャ子

古城等人應邀來到了阿爾迪基亞王國，
被迫捲入針對紀念典禮的恐攻計畫！

拉．芙莉亞邀請古城、雪菜與夏音到阿爾迪基亞王國。適逢阿爾迪基亞將舉行締結和平條約的紀念典禮，由反條約派系主導的恐怖攻擊令人憂懼。阿爾迪基亞王宮遭謎樣怪物襲擊，牽連戰王領域的大規模恐攻計畫啟動，古城等人被迫捲入風波之中。

各 **NT$180~280/HK$50~87**

天使的3P！ 1~11（完）

Kadokawa Fantastic Novels

作者：蒼山サグ　插畫：ていんくる

報名兒童搖滾鬥樂祭前夕竟吵得不可開交？
響將面臨前所未有的大危機！

決定六人聯手出擊兒童搖滾鬥樂祭的小潤和霧夢兩團，竟然彼此互相宣告要拆夥！而響孤獨的勸架之戰也就此展開——在每個人有各自的主張之下，又會擦出什麼火花呢？響與小天使們還能在兒童搖滾鬥樂祭一起大放異彩嗎!?

各 **NT$180/HK$55~60**

新世紀福音戰士 ANIMA 1 待續

Kadokawa Fantastic Novels

作者：山下 いくと　原作：khara

「人類補完計畫」未發生的三年後的世界……
《新世紀福音戰士》全新官方衍生小說登場！

「人類補完計畫」遭到碇真嗣阻止，NERV JPN在總司令葛城美里的領導下，已經十七歲的適任者防備使徒捲土重來。但是，扛起全球使徒偵測殲滅網的「四個」綾波零之一——No.卡特爾突然失控……另一個《新世紀福音戰士》可能性的故事在此復甦。

NT$220/HK$73

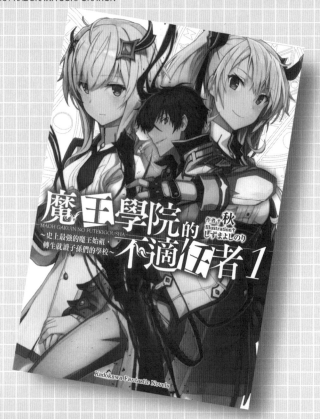

新約 魔法禁書目錄 1~20 待續

Kadokawa Fantastic Novels

作者：鎌池和馬　插畫：はいむらきよたか

上条面對一場無人期望的決戰。
在激戰之中，解救他脫離困境的竟然是——

亞雷斯塔毫不猶豫就拋棄根據地——學園都市，對魔法大國英國展開總攻擊。力量凌駕於大天使愛華斯之上的大惡魔克倫佐，封印將在不久後解開。儘管非得在那之前從倫敦找出其弱點不可，然而這對英國清教而言，怎麼看都是科學陣營的侵略……

各 **NT$180~300/HK$50~98**

國家圖書館出版品預行編目資料

情色漫畫老師. 11, 妹妹們的睡衣派對 / 伏見つかさ作 ; 蔡環宇譯. -- 初版. -- 臺北市 : 臺灣角川, 2019.10

面； 公分

譯自：エロマンガ先生. 11, 妹たちのパジャマパーティ

ISBN 978-957-743-264-3(平裝)

861.57 108013936

Kadokawa Fantastic Novels

情色漫畫老師 11
妹妹們的睡衣派對

（原著名：エロマンガ先生 11 妹たちのパジャマパーティ）

2019年10月11日　初版第1刷發行
2022年4月18日　初版第2刷發行

作　者：伏見つかさ
插　畫：かんざきひろ
日版設計：伸童舍
譯　者：蔡環宇

發行人：岩崎剛人
總編輯：蔡佩芬
編　輯：蘇涵
設計指導：陳晞叡
印　務：李明修（主任）、張加恩（主任）、張凱棋

發行所：台灣角川股份有限公司
地　址：104台北市中山區松江路223號3樓
電　話：（02）2515-3000
傳　真：（02）2515-0033
網　址：www.kadokawa.com.tw
劃撥帳戶：台灣角川股份有限公司
劃撥帳號：19487412
法律顧問：有澤法律事務所
製　版：尚騰印刷事業有限公司
ISBN：978-957-743-264-3